Karl Me

Die Nibelungensage

Karl Meyer

Die Nibelungensage

ISBN/EAN: 9783742841049

Hergestellt in Europa, USA, Kanada, Australien, Japan

Cover: Foto ©Andreas Hilbeck / pixelio.de

Manufactured and distributed by brebook publishing software
(www.brebook.com)

Karl Meyer

Die Nibelungensage

Einladungsschrift

zur

Promotionsfeier des Pädagogiums.

...

1873.

BASEL

CARL SCHULTZE'S UNIVERSITÆTSBUCHDRUCKEREI.

.Je abweichender unter sich die Resultate sind, zu welchen die Behandlung des mythischen Theils der Nibelungensage geführt hat, desto eher dürfte es am Platze sein, der Untersuchung einige Worte über das Verfahren voranzuschicken, nach welchem dieses Thema am zweckmässigsten kann behandelt werden. Fassen wir Siegfried als epische Weiterbildung eines ursprünglich göttlichen Wesens auf, und weisen wir in Folge dessen jede Auffassung, welche in der Heldensage nichts als entstellte Geschichte erblickt, als unwissenschaftlich zurück, so handelt es sich in erster Linie um Verständigung hinsichtlich des Weges, welchen die Forschung einzuschlagen hat, um das Wesen jener verdunkelten Gottheit zu ergründen. Und in der That führen die Wege, welche zur Aufhellung dieser Frage bisher sind eingeschlagen worden, nicht wenig auseinander. Man hat letztere für erledigt angesehn, sobald in der Edda eine Erzählung gefunden war, welche ihrem Inhalte nach theilweise mit dem ebendaselbst von Sigurd erzählten übereinstimmte [1]). Andere glaubten sicherer zu gehn, wenn sie, von den eigentlichen Göttern vorerst absehend, aus den nachweisbar echten Zügen der deutschen und der nordischen Ueberlieferung die beiden zu Grunde liegende reinere Form der Sage reconstruierten. Letzterer Weg ist ohne Zweifel der richtige, und es darf angenommen werden, dass nur auf ihm der der Heldensage vorausgegangene Mythus wieder kann aufgebaut werden. Längst nämlich ist erwiesen, dass die Nibelungensage, wenn schon in nordischen Liedern und Erzählungen in ursprünglicherer Gestalt aufbewahrt, gleichwohl in Deutschland heimisch ist und aus Deutschland in den Norden ist verpflanzt worden. Wirkliche und reine Mythen sind nun aber auf deutschem Boden nicht erhalten, während doch Niemand daran zweifelt, dass unsere Vorfahren dergleichen gehabt haben. Der sicherste Weg aber, dieselben aufzufinden, ist derjenige, welcher das Epos zum Ausgangspunkt seiner Betrachtung wählt; in diesem müssen die rein menschlichen Bestandtheile von denjenigen, welche Göttergeschichte enthalten, gesondert werden, und dann wird es möglich sein, deutsche Mythen zu gewinnen [2]). Auch die Götterlieder des Nordens kommen in dieser Weise zu ihrer wahren Geltung; sie werden dann nicht missbräuchlich als Grundlage angesehn, wohl aber werden sie zur Vergleichung und zur Aufhellung einzelner in Folge getrübter Ueberlieferung verdunkelter Punkte dienen.

---

[1]) Z. B. W. Müller in der Schrift: Versuch einer mythologischen Erklärung der Nibelungensage. Göttingen 1841.

[2]) Vgl. Jacob Grimm von Wilhelm Scherer. S. 149.

Der erste, welcher diesen Weg eingeschlagen hat, ist bekanntlich Lachmann in der Schrift »Kritik der Sage von den Nibelungen« (Anmerkungen zu den Nibelungen und zur Klage. S. 333 ff). Noch weiter ausgeführt und begründet wurde später Lachmanns Theorie von Rieger (in Pfeiffers Germania, Bd. III. 163 ff). Aber Rieger hat ausdrücklich erklärt, nicht über dasjenige Stadium zurückgehen zu wollen, in welchem zuerst die Sage rein menschlich aufgefasst wurde. Da nun seit Lachmanns bahnbrechender Forschung sowohl die Kenntniss unserer deutschen Mythologie als die anderer stammverwandter Völker unläugbare Fortschritte gemacht hat, so dürfte es wohl am Platze sein, die Untersuchung nochmals und mit Hilfe des seither so sehr vergrösserten Materials aufzunehmen.

Die nordische Gestalt der Nibelungensage.

Sigmundr hiess der Vater Sigurdhs, Hiördis seine Mutter; an der Spitze seines Geschlechts steht Odhinn, der oberste der Götter. Odhins Sohn hiess Sigi, dessen Sohn Rerir, Reris Sohn Völsung, und auf Völsung folgte Sigmundr. Nach Völsung, Sigmunds Vater, führt das ganze Heldengeschlecht den Namen der Völsunge. Sigmundr erlag im Kampfe den Söhnen Hundings; das göttliche Schwert, welches er als Völsung besass, und welches ihm bisher in allen Kämpfen Sieg verliehen hatte, zersplitterte, als ihm Odhinn seinen Speer entgegenhielt. Hiördis war schwanger, als Sigmundr fiel; sterbend forderte dieser seine Gattinn auf, die Trümmer des Wunderschwertes zu sammeln und für ihren künftigen Sohn aufzubewahren. So geschah es; aber Hiördis wurde von Alf, König Hialpreks Sohn, entführt und, nachdem sie Sigurdh geboren, zur Gattinn genommen. So war Sigurdhr ein in Knechtschaft geborener; sein Erzieher war Reginn, der kunstreiche Schmied. Reginn reizte den Sigurdh, Fafni zu tödten; Fafnir war Regins Bruder und war im Besitze eines unermesslichen Goldhortes. Mit dem Horte verhielt es sich folgendermassen.

Drei Götter aus dem Geschlechte der Asen, Odhinn, Hönir und Loki, wanderten einst zusammen. In einer Stromschnelle sass ein Otter und verzehrte einen Lachs; Loki tödtete den Otter, und die Götter bemächtigten sich seines Balgs. Des Abends kehrten die Asen bei Hreidhmarr [*]) ein und erzählten ihm den Vorfall; der getödtete Otter war aber einer von Hreidhmars drei Söhnen gewesen, der diese Gestalt angenommen hatte. Die beiden andern Söhne zwangen darauf die Götter, ihnen für den erschlagenen Bruder Wergeld zu zahlen, und Loki wurde ausgesandt, Gold herbeizuschaffen. Loki kehrte zur nämlichen Stromschnelle zurück und fieng daselbst den Zwerg Andvari, welcher in Hechtsgestalt im Wasser wohnte. Der Gefangene sollte sich mit Gold lösen; er gab alles her mit Ausnahme eines Goldrings; den wollte er behalten, weil der Ring die Kraft besass, das verlorene Gold wieder zu ersetzen. Loki verlangte den Ring ebenfalls; da sprach der Kleine den Fluch über denselben aus, dass er allen seinen Besitzern den Tod bringen solle. Nun füllten die Asen den Otterbalg mit Andvaris Gold; sie stellten ihn auf die Füsse und büllten ihn auf der Aussenseite ebenfalls mit Gold. Noch ein Barthaar schaute hervor; auf Hreidhmars Befehl legte Odhinn den Ring auf

---

*) Der unverständliche Name Hreidmarr wird am ehesten gebessert in Heidhmarr; Heidhr erscheint in der Völuspá (Str. 26) als Personification des Goldes, und Sigrdr 13 erscheint Heidhdraupnir (Schatztröpfler) neben dem synonymen Hoddropair (hodd, f = goth. huzd, ahd. hort als Name Mimis; marr ist trotz der Kürze seines a ohne Zweifel das g. mêra, ahd. mâri.

dasselbe. Auf diese Weisse lösten sich die Asen, und mit Andvaris Gold und Ring war auch dessen Fluch von ihnen auf Hreidbmarr und seine Söhne übergegangen. Hreidhmars Söhne, Tafni und Reginn, forderten nun Verwandtenbusse und wollten auch ihren Antheil am Wergeld haben; als der Vater ihnen denselben verweigerte, durchbohrte ihn Fafnir während des Schlafs. So starb Hreidbmarr, und Fafnir nahm alles Gold; auch Reginn verlangte seinen Antheil, Fafnir aber schlug ihm denselben ab. Fafnir nahm darauf die Gestalt eines Wurmes an und lag bei seinem Gold auf der Gnitaheide. Reginn schmiedete dem Sigurdh aus den Trümmern des Wunderschwertes der Völsunge das Schwert, welches Gramr hiess; es war so scharf, dass es eine rheinabwärtstreibende Wollflocke entzweischnitt, und dass Sigurdhr mit demselben Regins Amboss entzweihauen konnte. Darnach reizte Reginn den Sigurdh, Fafni zu tödten. Nun fuhren Sigurdhr und Fafnir auf die Gnitaheide; Sigurdhr machte auf dem Wege, auf welchem Fafnir zum Wasser zu kriechen pflegte, eine grosse Grube und kroch in dieselbe. Als nun dieser über die Grube kroch, stach ihm Sigurdhr von unten herauf in den Bauch; sterbend warnte Fafnir seinen Mörder, des verderblichen Goldes sich zu enthalten:

Einen Vorwurf findest du in freundlichem Wort;
Aber Eins verkünd' ich dir:
Das gellende Gold, der gluthrothe Schatz,
Diese Ringe verderben dich.

Reginn gebot nun dem Sigurdh, Fafnis Herz zu braten; darauf legte er sich schlafen. Da briet Sigurdhr das Herz des getödteten Wurms; als er glaubte, dass es gar gebraten sei, und als der Saft aus dem Herzen schäumte, nahm er davon an seinen Finger und versuchte, ob es gar gebraten sei. Er verbrannte sich den Finger und steckte ihn in den Mund; da verstand er die Sprache der Vögel. Die Vögel sagten unter einander, Reginn werde den Sigurdh aus Bruderrache umbringen, und es sei unklug, bloss einen Bruder zu tödten und den andern am Leben zu lassen. Nun hieb Sigurdhr dem schlafenden Regin den Kopf ab. Die Vögel unterdessen fuhren fort zu singen; sie sangen von der schönen Maid, welche auf einem Berge schlafe, von dem Zauberschlaf, in welchen sie versunken sei, von dem Feuer, welches ihr Haupt umwalle. Nun nahm Sigurdhr aus Fafnis Behausung dessen Gold, den Schreckenshelm und die Goldbrünne, dazu das Schwert Hrotti; mit diesen Kostbarkeiten belud er sein Ross Grani; der Hengst aber wollte sich nicht vorwärtsbewegen, bevor er Sigurdh auf seinem Rücken trug.

Sigurdhr ritt südwärts nach Frankenland. Auf einem Berge sah er ein grosses Licht wie ein zum Himmel emporloderndes Feuer. Als er näher kam, war es eine Schildburg, und auf derselben wehte ein Banner. Es schien, als ob ein Mann da liege und in vollständiger Rüstung schlafe. Sigurdhr nahm dem schlafenden den Helm vom Haupte; da sah er, dass es ein Weib war; darauf löste er ihre Brünne mit seinem Schwerte Gram, und sie erwachte.

Sigrdrifa hiess sie, und Walküre war sie gewesen. Zwei Könige hatten sich befehdet, der greise Hialmgunnar und Agnar, Hadhas Bruder; jenem hatte Odhinn den Sieg verheissen. Sigrdrifa aber hatte den Hialmgunnar im Kampfe gefällt; da stach sie Odhinn mit dem Schlafdorn, und erklärte überdies, sie solle fortan nie mehr Sieg verleihen sondern sich vermählen. Sie aber erklärte, sie werde sich keinem Manne vermählen, welcher sich fürchte. Darauf gelobten sich Sigurdhr und Brynhildr ewige Liebe.

Sigurdhr kam nun zu König Giúki, welcher südlich am Rheine ein Reich hatte. Giúki hatte drei Söhne, Gunnarr, Högni und Guthormr, und eine Tochter Namens Gudhrûn. Eines Abends reichte ihm die Gemahlinn des Königs — Grimhildr hiess sie — ein Horn; Sigurdhr leerte dasselbe, und alsbald hatte er seine Brynhild vergessen. Er hatte den Giúkungen, Giúkis Söhnen, vorher von der Walküre erzählt; jetzt boten ihm diese ihre Schwester zur Gemahlinn und seinen Antheil am Reiche; dafür gelobte er, Gunnar bei der Werbung um Brynhild beizustehn; darauf gelobten Sigurdhr und die Giúkunge einander Brüderschaft. Da Brynhild gelobt hatte, nur denjenigen zum Manne zu nehmen, welcher das um sie wallende Feuer durchreite, versuchte es Gunnarr auf seinem Rosse. Das Ross wurde scheu, da versuchte er es zum zweiten Male auf Grani; umsonst, Grani gieng nicht von der Stelle. Nun tauschten Sigurdhr und Gunnarr ihre Gestalten, und jetzt gelangte Sigurdhr in Gunnars Gestalt durch die Flammen; letztere erloschen alsbald. Brynhildr und Sigurdhr theilten nun drei Nächte das Lager; das Schwert Gramr lag zwischen ihnen, und sie berührten sich nicht; die Jungfrau hielt Sigurdh für Gunnar. Der Ring Andvaris — Andvaranautr hiess er —, den er ihr einst selber gegeben hatte, nahm er ihr wieder und gab ihr dafür einen andern Verlobungsring. Hierauf kam Brynhildr zu den Giúkungen und wurde daselbst wirklich vermählt; erst als die Vermählungsfeier zu Ende war, erinnerte Sigurdhr sich wieder der Eide, die er ihr einst gelobt hatte.

Einst badeten die königlichen Frauen zusammen. Brynhildr gieng weiter in den Fluss; sie wollte nicht, dass Wasser aus Gudhrûns Haar auf ihr Haupt rinne, weil sie einen muthigern Mann zu besitzen wähnte. Gudhrûn entgegnete, ihr Mann sei der muthigere, er habe Fafni und Regin erschlagen. Nun machte Brynhildr geltend, dass Gunnarr die Waberlohe durchritten habe; aber Gudhrûn bewies ihr durch Vorzeigen des von Sigurdh geschenkten Andvaranaut, dass dieser in Gunnars Gestalt es gewesen sei, der den Ritt gewagt und bei ihr gelegen habe. Brynhildr forderte nun Sigurdhs Tod von Gunnar. Die nordische Ueberlieferung lässt hierauf den Helden durch Guthorm, den jüngsten von Giúkis Söhnen, umbringen; vorzuziehn ist in diesem Punkte ohne Zweifel der Bericht des deutschen Nibelungenliedes, in welchem Hagen (Högni) als Mörder erscheint. Ein Scheiterhaufen ward für den todten Sigurdh errichtet; Brynhildr erstach sich selbst, nachdem sie geboten, dass ihre Leiche mit der des Ermordeten verbrannt würde. Das Gold, der Hort der Niflunge, fiel den Giúkungen zu, der verhängnissvolle Ring ebenso.

Atli war Brynhilds Bruder gewesen; er beschuldigte die Giúkunge wegen seiner Schwester Tod und wollte Rache nehmen. Die Giúkunge beschwichtigten ihn, indem sie ihm Gudhrûn zur Gemahlinn gaben. Später wurde Atli lüstern nach dem Hort der Giúkunge; er liess dieselben in böser Absicht zu einem Feste laden. Gudhrûn liess ihre Brüder warnen, Högni widerrieth die Fahrt, schwere Träume der Königinnen vermehrten die bange Stimmung; doch hatte Gunnarr bereits zugesagt. Das Gold versenkten die Giúkunge in den Rhein, bevor sie die Heimat verliessen; dann brachen sie auf, im Ganzen fünfzehn Männer. Auch ihre Fahrt war von unheimlichen Vorzeichen begleitet; die Ruder zerbrachen ihnen, das Fahrzeug liessen sie unbefestigt zurück. Noch einmal warnte sie Gudhrûn, als sie Atlis Burg betraten; aber schon war es zu spät, und der Kampf begann. Als derselbe zu Ende war, lebte von den Niflungen Niemand mehr als Gunnarr, Högni und der Koch Hialli. Darauf wurde gefragt, ob Gunnarr Freiheit und Leben mit Gold erkaufen wolle; er weigerte sich dessen, so lange Högni am Leben sei. Da wurde dem Hialli das Herz ausgeschnitten und vor Gunnar als das Atlis gebracht; er aber erkannte es an seinem Zittern als das des Kochs. Nun wurde das ausgeschnittene Herz Högnis gebracht; allein der König weigerte sich immer noch, mit Gold sich zu lösen:

> Nur der Rhein soll schalten   mit dem verderblichen Schatz;
> Er kennt das asenverwandte   Erbe der Niflungen.
> In der Woge gewälzt   glühn die Walringe mehr
> Als hier in den Händen   der Hunnensöhne.

Nun wurde Gunnarr zu den Schlangen geworfen; aber Gudhrûn verschaffte ihm eine Harfe. Alle Schlangen schliefen bei seinem Harfenspiel; nur eine einzige blieb wach, und diese biss ihm in's Herz. Als Atli von dem Schlangenthurm auf der Heide zurückkehrte, hatte ihm Gudhrûn ein Mahl bereitet; nachher entdeckte sie ihm, dass er die Herzen seiner beiden Söhne gegessen hatte. Atli betrank sich unkluger Weise; darauf ermordete ihn Gudhrûn im Bette und zündete das ganze Haus an:

> Mit dem Dolch gab sie Blut   den Decken zu trinken
> Mit mordlust'ger Hand;   sie löste die Hunde;
> Vor die Saalthür warf sie,   das Gesinde weckend,
> Die brennende Brandfackel,   die Brüder zu rächen.

Nach anderer Ueberlieferung versprach sie Atli, ihm die letzte Ehre zu erweisen, ihm ein Schiff zu rüsten und — so muss man die Sage ergänzen — mit dem todten Gemahl auf steuerlosem Schiff dem Meer sich zu überlassen.

Nach jüngerer, unechter Combination blieb Gudhrûn am Leben; sie gerieth in Jónakrs Land, wurde dessen Frau und gebar ihm zwei Söhne und eine Tochter; letztere, Svanhildr, verknüpft dann die Nibelungensage mit der gothischen von Jörmunrek und mit dem Sagenkreise Dietrichs von Bern.

Wir beginnen die Untersuchung mit der Feststellung der Localität, an welche die Nibelungensage in allen Berichten, in den deutschen wie in den nordischen, sich knüpft Derjenige Name, welcher nirgends fehlt und überall durchbricht, ist der des Rheins. In seinen Fluthen bewährt sich das von Regin geschmiedete Schwert (Sæmund zu Sigurdharkvidha II, 15), aus dem Rheine stammt der Hort, welcher darum Rünar málmr heisst (Sig. III, 16), südlich vom Rheine fällt Sigurdhr (Brot of Brynhildarkvidhu 11), von ebendort ziehen die Niflunge aus (Atlakvidha 17), und dem Rheine, als dem ursprünglichen Besitzer, wird der Hort zurückgegeben (Akv. 27):

Rin skal rádha   Nur der Rein soll schalten

rógmálmi skatna.   Mit dem verderblichen Schatz.

Dazu kommt noch eine Anspielung in der Völundarkvidha (Str. 14). Dem entspricht Str. 1137 des Nibelungenliedes:

ê der künic riche   wider wære komen,

die wile hete Hagene   den grózen scaz genomen;

er sancten dâ ze Lôche   allen in den Rin.

er wânde er sold in niezen: des enkunde niht gesin.

Der Marner, ein schwäbischer Spruchdichter der zweiten Hälfte des dreizehnten Jahrhunderts, nennt statt der Ortschaft Lôche (Lochheim) den Lurlenberg (VdHagen Ms. II, 240), versetzt also den Hort damit ebenfalls an den Rhein.

Mit der Festatellung der ältesten Localität, an welche die Sage sich knüpft, ist nun freilich deren ursprüngliche Heimat noch keineswegs gewonnen. Immerhin aber bildet der Rhein ein Moment, welches der deutschen und der nordischen Ueberlieferung gemeinsam ist; es beweist dasselbe, dass die Sage einmal wenigstens, ehe sie nach dem Norden gelangte, am Rheine heimisch war; es führt dasselbe ferner zu der Vermuthung, dass ebendaselbst die Verbindung ihrer beiden hauptsächlichsten Bestandtheile, des mythischen und des historischen, zu Stande gekommen ist. Stammte das Gold aus dem Rhein, und musste es darum letzterm wieder anheimfallen, so fragt es sich, ob wir es mit einem Goldhort im buchstäblichen Sinne des Worts zu thun haben, oder ob derselbe bloss als sinnbildlicher Ausdruck zur Bezeichnung eines andern Gegenstandes aufzufassen ist; in letzterm Falle wäre, da der Hort zunächst in den vordern mythischen Theil der Sage gehört, das Gold erst später buchstäblich als solches aufgefasst worden, als der Mythus sich immer mehr vermenschlicht hatte, während dieser buchstäblichen Auffassung eine ältere symbolische vorangieng. Simrock (Rheinland. Vierte Auflage. S. 52) hat sich die Mühe gegeben, nachzuweisen, dass der Goldgehalt des Rheins einer mythischen Verherrlichung, wie sie in der Nibelungensage vorliegt, wohl würdig gewesen sei. »Nach Daubrée Bulletin de la société géologique de France 1846, p. 459 ff. wird noch jetzt jährlich zwischen Basel und Mannheim für 45,000 Frs. Gold aus dem Rheine gewaschen.

Zwischen Istein und Mannheim beträgt aber der Gehalt der Goldgründe des Rheins 52,000 Kilometers, was einen Bruttowerth von 165,820,800 Frs. repräsentiert. Rechnet man hinzu, was seit dem 5. Jahrh. bis auf diesen Tag aus dem Rheine gewonnen ist, so ergiebt sich ein Schatz, mythischer Verherrlichung nicht unwürdig.» Nur Schade, dass unsere mythenbildenden heidnischen Vorfahren diese Berechnung schwerlich schon angestellt haben! Beruht nun aber das Epos zugestandenermassen zur Hälfte wenigstens auf älterer Göttersage, und konnte alles das, was in den erhaltenen Quellen buchstäblich aufgefasst wird, in einer frühern jenseits der Quellen liegenden Periode eine physische Grundlage haben, deren symbolischen Ausdruck eben der spätere Wortlaut des Epos enthält, so erwächst hieraus für den Forscher die Pflicht, auch in jener frühern rein mythischen Periode sich umzusehn. Jedenfalls spricht der Drache und sprechen die fabelhaften Nibelungen, mit welchen der Hort so eng verbunden erscheint, für eine ursprünglich sinnbildliche Bedeutung des letztern.

Nach einer andern Deutung Simrocks bedeuten die unterweltlichen Schätze die Güter der Erde, ihren reichen Pflanzensegen, welcher, von Zwergen gewirkt, im Winter in die Erde zurückgenommen wird (Mythologie, Zweite Auflage. S. 373). Auch W. Müller hält den ersten Theil der Nibelungensage für einen chthonischen Mythus, und Beide glauben, in Skirnismål, einem Liede der ältern Edda, den Schlüssel der Sage gefunden zu haben (Simrock a. a. O. S. 65 ff; Müller, Versuch S. 81, 89 ff). Jenes Lied nämlich erzählt, wie der Gott Freyr aus Liebe zu dem schönen Riesenmädchen Gerdhr um dasselbe zu werben unternimmt. Zuerst trägt er seinem Diener Skirnir die Werbung auf; letzterer unternimmt dieselbe auf Freys Ross und mit dessen Schwerte bewaffnet. Durch wallendes Feuer muss er in Gerdhrs Behausung eindringen; er bietet ihr eilf goldene Aepfel und dazu den Ring Draupnir, von welchem jede neunte Nacht acht ebenso schwere Ringe träufeln. Nach mancherlei Ueberredungs- und Beschwörungsversuchen erklärt die anfangs ziemlich spröde Jungfrau, sie wolle nach neun Nächten mit Freyr in dem Haine Barri sich vermählen. Sigurdhr würde in diesem Falle dem Freyr, Brünhild der Gerdhr entsprechen, der jugendliche Held dem in Jugendschönheit strahlenden Gotte, die Walküre dem schönen Riesenmädchen. Der Ring Draupnir lässt sich mit Andvaranaut vergleichen, und die Flamme findet sich bei Gerdhr wie bei Brünhild. (Vgl. Skirnismål, 8, 9, 17, 18; Fafnismål 42, 43, Sæmund zu Sigrdrifumål 1, Völsunga saga cap. 27). Simrock legt überdiess Gewicht darauf, dass nach Skirnismål nicht Freyr selbst, sondern sein Diener Skirnir die Flamme durchreitet und Gerdhr seinem Herrn gewinnt, gerade wie Sigurdh für Gunnar um Brünhild wirbt. Die Analogie bleibt aber gerade in letzterm Punkte eine sehr äusserliche. Skirnir als Freys Diener ist nach Simrocks eigner Auffassung ursprünglich kein anderer als Freyr selbst, folglich ein demselben nahe stehendes und befreundetes Wesen. In seinem Verhältnisse zu Freyr nimmt er ferner eine untergeordnete Stellung ein, während Sigurdh den Gunnar im Gegentheil überragt und im Mythus Hauptperson muss gewesen sein.

Ferner bildet neben der Erwerbung des Goldes und der Walküre Siegfrieds Ermordung einen wesentlichen Bestandtheil des Mythus; der Mythus von Freyr hingegen, wie er in Skirnismâl erzählt wird, meldet nichts von dessen Tod. Das berechtigt nun allerdings noch nicht zu der Annahme, es habe über diesen Punkt überhaupt keinen Mythus gegeben; wohl aber lässt sich hieraus folgern, dass, wenn sich eine Gottheit finden lässt, welche durch anderweitige Analogien sowohl als durch ihren Tod deutlich auf Sigurdh weist, für diese alsdann mit demselben Rechte die erste Hälfte des Mythus ergänzungsweise dürfe beansprucht werden. Nehmen wir an, Sigurdh entspreche dem Gotte Balder, so dürfte es möglich sein, auch abgesehn von der Edda, aus andern Quellen eine Brautwerbung und die Gewinnung eines Hortes herzuleiten. Drittens aber — und dieser Grund scheint mir der entscheidende zu sein — gehört Freyr als Wanengott ursprünglich gar nicht den Germanen, sondern den heidnischen Preussen, den Aestiern des Tacitus (Germania cap. 45) an. Zu den Skandinaviern sind die Wanengötter nun allerdings, wie ihr Vorkommen in der Edda sowohl als anderswo zeigt, gekommen; im engern Deutschland aber finden sich, da die Nerthus [4]) des Tacitus (Germ. cap. 40) mit Unrecht der Freyja gleichgestellt wird, keine Spuren derselben. Ist nun aber die Nibelungensage ans Deutschland nach dem Norden gekommen, so wird eine Identificierung Sigurdhs und Freyrs hiedurch von selbst ausgeschlossen.

Ist es nach alledem nicht glaublich, dass wir den Schlüssel der Nibelungensage in Skirnismâl finden werden, so hindert uns auch nichts, an eine andere symbolische Bedeutung des Goldes zu denken. Und in zweiter Linie wird auch auf die Namen der Hauptträger der Sage mehr Gewicht zu legen sein, als es Manche gethan haben. Man wird, auch wenn man mancherlei Entstellungen und Verdunkelungen im Einzelnen zugiebt, doch nicht umhin können, die Namen als die sicherste Grundlage der Erklärung festzuhalten. In indischen sowohl als in griechischen Heldensagen finden sich manche Erzählungen, welche theils mehr, theils weniger dem von Siegfried und den Nibelungen erzählten entsprechen. Wenn es nun auch nicht möglich ist, zwei solcher epischer Schilderungen ausfindig zu machen, welche auch nur in den Hauptpunkten in solchem Grade übereinstimmen, dass sie uns zur Annahme einer gemeinsamen indogermanischen Heldensage berechtigen, so ergiebt sich doch aus der Uebereinstimmung einzelner Hauptpunkte, dass gewisse gemeinschaftliche Anschauungen der Indogermanen die mythische Grundlage dieser Sagen bilden. Nun waren aber die hierher gehörigen Völkerschaften zur Zeit ihrer Trennung über die Stufe des Hirtenlebens nur wenig hinausgekommen [5]), und es wird durch diesen Umstand für die der Nibelungensage vergleichbaren Erzählungen die Beziehung auf chthonische Mythen ebenfalls ausgeschlossen.

---

[4] Vgl. weiter unten und über den Namen selbst Germania XVII, 199.
[5] Vgl. Kuhn: Zur ältesten Geschichte der indogerman. Völker (Webers ind. Studien. I. 337 ff.) Weber: Indische Skizzen. S. 9.

Das Gold kann demnach auch als Symbol der Sonne aufgefasst werden; diese Auffassung scheint einmal durch die Natur der Sache gerechtfertigt, insofern Sonne und Gold hinsichtlich ihrer Farbe und hinsichtlich ihres Glanzes übereinstimmen. Sie wird überdiess durch verwandte Züge in ausländischen, aber stammverwandten Sagen bestätigt. In der Argonautensage z. B. ist das goldene Vliess schwerlich etwas anderes als ein Sinnbild der Sonne; Beweise hiefür sind das Sonnenland Aea (Preller Griech. Mythol. I, 338; II, 308), wo dasselbe geholt wird, sowie die Verwandtschaft des Aeetes und der Medea mit dem Sonnengott Helios (Homer. Odyssee X, 135—139; Hesiod. Theog. 956 ff.). Jason und Sigurdh berühren sich auch sonst noch in manchen Stücken; auch Jason erlegt einen Drachen und gewinnt Gold und Braut zusammen, wenn auch in umgekehrter Reihenfolge. Eine zweite griechische Sage, welche Analogien bietet, ist die von Perseus; hier ist der Goldregen, von welchem Danae schwanger wird, als Ergiessung des himmlischen Lichts aufzufassen, und auch hier findet sich die Erlegung des Drachen in Verbindung mit der Erwerbung einer Jungfrau. Am grössten aber ist ohne Zweifel die Aehnlichkeit zwischen Sigurdh und dem indischen Helden Karṇa. Mütterlicherseits, als Sohn der Kunti, gehört Karṇa einem indischen Heldengeschlechte an; sein Vater hingegen ist Sûrja, der Sonnengott, und als Sonnensohn trägt er einen an den Leib gewachsenen, undurchdringlichen goldenen Panzer, wie ihn der Sonnengott selbst hat und glänzend goldene Ohrenringe [*]), welche ihm Stärke verleihen. Auch hier also erscheint das Gold unzweifelhaft als Symbol der Sonne, und die ganze Erzählung von Karṇas Abstammung lässt sich schliesslich auf das auch in andern Mythen so häufige Verfahren zurückführen, episch vermenschlichte Gottheiten dadurch andern Menschen näher zu bringen, dass man sie zu Söhnen oder Abkömmlingen desjenigen Wesens macht, welches im Grunde ihr eigenes ist. Dem angewachsenen Goldpanzer Karṇas entspricht in der Nibelungensage die Goldbrünne, welche Sigurdh nach Sœmunds prosaischem Schlusse zum Fafnismâl aus Fafnis Höhle nimmt, letzterer hinwiederum die Hornhaut Siegfrieds in den deutschen Quellen. Die Unvollständigkeit der Hornhaut ist wie bei Karṇa der Verzicht auf die Ohrringe dazu ersonnen, den Tod des Helden trotz seiner Unverwundbarkeit zu erklären. Einen andern indischen Mythus, in welchem die Sonne ebenfalls als Gold aufgefasst erscheint, hat A. Kuhn (Ztschr. f. vgl. Sprachforschung III, 451) besprochen; hier wird das Sonnengold von den Paṇis zurückgehalten; die Paṇis erliegen aber im Kampfe dem Zwillingsbrüderpaar der Açvinen, und der Sieger gewinnt mit dem Golde zugleich ein Weib, die Ustras oder Sûrjâ.

Auch der goldstrahlende Blick der Sonnenkinder Medea und Circe (Apollod. IV, 727; Philostr. imag. 7) gehört hieher; in der Völsunga saga (cap. 30, 39, 40) erscheint derselbe an den Welsungen Sigurdh und Schwanhild noch als scharfer Glanz der Augen.

---

[*]) Als Appellativum heisst Karṇa: Ohr (zu kṛt: auseinanderwerfen, spalten). Beruhen die neben dem Goldpanzer etwas überflüssigen Ohrringe nur auf etymologischer Speculation?

Auch Kuhn fasst das Nibelungengold als Sonnengold auf; er meint (Ztschr. f. vgl. Sprachforschung III, 451), die Versenkung des Horts in den Rhein erkläre sich daraus, dass die Sage von einem Stamme ausgegangen sei, welchem der Rhein gegen der Sonne Untergang lag. Genaue Betrachtung des Naturphänomens scheint indessen diesen Ausspruch nicht zu bestätigen. Die Sonne kann des Abends wohl scheinbar: im Meer versinken, keineswegs aber im Rhein, wo die westlichen, entweder geradezu gebirgigen oder wenigstens in einiger Entfernung von Gebirgszügen begleiteten Ufer ein derartiges Phänomen nicht zulassen. Von dem in den Rhein versenkten Goldhort kann nur ein höchst gewagter Sprung unmittelbar zur Sonne führen, und es wird daher besser sein, sich in dieser Beziehung nach Mittelgliedern umzusehn. Es ist bekannt, dass in manchen indogermanischen Mythen, in welchen vom Meer die Rede ist, ursprünglich nicht das irdische, sondern das Wolkenmeer gemeint ist und zwar aus dem einfachen Grunde, weil die noch ungetrennten Indogermanen in ihren ältesten Stammsitzen das irdische Meer nicht kannten. (Kuhn. Herabkunft. S. 25). Was vom Meere gilt, wird aber auch unbedenklich auf Flüsse dürfen ausgedehnt werden. Dazu kommt noch ein zweiter Umstand. Das hervortretende Merkmal der ältesten religiösen Anschauungen der arischen Völker ist die Verehrung der himmlischen Erscheinungen des Sonnenlichts am wolkenlosen blauen Himmel, zu welchem dann Gewitterwolken, Nebel u. dgl. den finstern Gegensatz bilden. Aus den erstern entwickelten sich ihre Gottheiten, aus den letztern die Dämonen. Für ein Volk, das noch wenig andere Beschäftigungen kannte als Jagd, Krieg und Viehzucht, war auch diese Art göttlicher Wesen passend und genügend zugleich; sobald jedoch die einzelnen Zweige der Arier nach ihrer Trennung auch den Ackerbau in den Kreis ihrer Beschäftigungen zogen, machte auch dieser seinen Einfluss auf die religiösen Anschauungen und auf die Mythenbildungen der betreffenden Stämme geltend. Jetzt traten die alten Himmels- und Lichtgottheiten neben den neuen chthonischen zurück oder, wenn dieses nicht geschah, erweiterten sich ihre Funktionen, wurden ihre Beziehungen zu dem Leben und Treiben der Menschen manigfaltiger und reicher. Etwas dem eigentlichen Wesen dieser Götter widersprechendes lag in solchen Erweiterungen nicht; Sonnenschein und Regen, Tag und Nacht, Sommer und Winter sind für den Ackerbau bekanntlich nicht minder wichtig, als sie es, rein als zeitlicher Wechsel aufgefasst, für jede menschliche Existenz, auch für die primitivste, sind. War z. B. der germanische Donnergott, der Thor des Nordens, ursprünglich nur die Personification des Gewitters gewesen, so lag es, doch in der Natur der Sache, dass derselbe, sobald seine Verehrer ein ackerbautreibendes Volk geworden waren, auch seine Bezüge auf die durch das Gewitter beförderte Anbaufähigkeit des Bodens erhielt; er wurde auf diesem Wege zum Kulturgott, wie das ja mehrere Mythen des Nordens in seinen Kämpfen gegen Riesen und Unholde bildlich darstellen. Gottheiten der Sonne und des Lichts konnten in ähnlicher Weise Beziehungen zur Kultur des Bodens annehmen und so ihr eigentliches Wesen ganz oder theilweise ablegen. Leicht war es jetzt auch möglich, dass ihre Symbole ihre ursprüngliche Bedeutung mehr oder weniger verloren; das Gold z. B., welches zuerst himmlisches gewesen war, konnte auf einer spätern Stufe der Mythenbildung als gewöhnliches aufgefasst, das Sonnengold also als Flussgold betrachtet werden. Ebenso konnten jetzt umgekehrt die Dämonen der Wolken und des Dunkels, welche ursprünglich als Wesen der Luft zu betrachten sind, auf die Erde und unter dieselbe, in die Unterwelt, versetzt werden, mochte man sich letztere in hohlen Bergen oder unter dem Spiegel von Gewässern denken.

Die Deutung des in den Rhein versenkten Hortes durch die scheinbar im Wasser erlöschende Sonne ist also zurückgewiesen worden. Da indessen der genannte Strom in der Nibelungensage eine so wesentliche Rolle spielt, dass er sogar in der nordischen Sage neben der Verdunkelung so mancher historischer und ethnographischer Beziehungen sich durchgängig erhalten hat, so wird ihm auch hier der ihm gebührende Platz anzuweisen sein. Letzterer aber besteht ohne Zweifel in der Verbindung des mythischen ersten Theils der Sage mit ihrem historischen zweiten; diese ist durch Anwohner des Rheinstroms vollzogen worden. Die rheinischen Localitäten, welche die Sage nennt, Worms, Santen, Lôche, gehören entweder dem Mittel- oder dem Niederrhein an, und die oberrheinischen Alemannen können in Folge dessen nicht in Betracht kommen. Man wende hiegegen nicht ein, dass der Norden, d. h. die ältere und die jüngere Edda nebst der Völsunga saga, auch von den genannten drei Localitäten nichts weiss; er weiss von andern ebensowenig, und der Strom allein war bedeutend genug, auch im entlegenen Skandinavien nicht vergessen zu werden. Die deutsche Ueberlieferung nennt doch wenigstens etwas, und wenn auch Santen, als Heimat Siegfrieds, seine Verknüpfung mit der Sage euhemeristischer Auffassung verdankt, so lässt sich von Worms nicht dasselbe geltend machen. Worms als Wohnort Gunthers erscheint schon in dem lateinischen Waltharius des zehnten Jahrhunderts, und die Vermuthung, die Sage habe hierin eine Nachricht aufbewahrt, welche in den geschichtlichen Quellen vergebens gesucht wird [1]), hat demnach manches für sich; jedenfalls tritt der Mittelrhein überall früh und entscheidend genug in den Vordergrund. Ist es aber vorzugsweise der Mittelrhein, an welchem die Sage haftet, und an welchem sich dieselbe aus Mythus und Geschichte gebildet hat, so kann es sich nur um die Franken oder Burgunden handeln, und von einem dieser Stämme muss die Sage einmal nach dem Norden und zweitens zu den übrigen Bewohnern Deutschlands gekommen sein.

Was zunächst die Burgunden betrifft, so ist der Gunther der deutschen, der Gunnar der nordischen Sage, unzweifelhaft der von den Hunnen besiegte König Gundaharius; in diesem Punkte wenigstens stimmen Lachmann und W. Müller überein. (Vgl. Lachmann: Zu den Nibelungen S. 333. Müller a. a. O. S. 29). Es lässt sich auch nicht in Abrede stellen, dass

---

[1]) Müllenhoff in Haupts Ztschr. X, 148.

die an Etzels Hofe kämpfenden Burgunden in der Sage mit Achtung behandelt sind. Daraus geht aber noch keineswegs hervor, dass letztere selber es waren, welche ihrem König ein so ehrenvolles Andenken gestiftet haben. Auch benachbarte Stämme, welche Augenzeugen ihres Untergangs waren, konnten denselben verherrlicht haben, es konnten, namentlich seit Attila in der Sage der Repräseutant seines ganzen Volkes geworden war *), Züge aus der catalaunischen Schlacht sich einmischen, der Gegensatz zwischen Germanen und Barbaren konnte endlich auch noch das seinige thun. Andrerseits aber lassen sich gegen die Burgunden als die ältesten Träger der Sage gewichtige Einwendungen machen. An einen burgundischen Gott Freyr ist nach dem oben (S. 11) über denselben bemerkten von vornherein nicht zu denken; sieht man aber von dessen Namen ab, und hält man bloss sachlich die Vermuthung Müllers (s. a. O. 148) fest, die Burgunden hätten den Mythus aus ihrer Heimat an der Ostsee, an den Rhein gebracht und dort denselben mit ihrer Königsgeschichte verflochten, so ergeben sich auch für diese Annahme Unwahrscheinlichkeiten zur Genüge. Welchen Grund mochten denn die Burgunden haben, ihren mythischen Nationalhelden auf Befehl ihres Königs umbringen zu lassen, und was für eine Verherrlichung hätten sie Letzterm hiedurch zu Theil werden lassen? Und wenn Müller selbst (a. a. O. 45) den Mörder Hagen den Franken zuweist, so wird hiedurch dem Mythus eine Hauptfigur entzogen; man müsste denn den nordischen Bericht, nach welchem allerdings Guthorm als Sigurdhs Mörder erscheint, dem deutschen vorziehn. Wenn endlich die Burgunden schon sechs Jahre nach Gundaharis Niederlage am Rhein verschwunden sind und dafür die Sabaudia eingenommen haben (Waitz: Forschungen zur deutschen Geschichte. I, S. 10), so verbietet auch die Kürze dieses Zeitraums, an eine durch sie bewirkte Verbindung des Siegfriedsmythus mit der Geschichte von Gundaharis Untergang zu denken. Sind somit die Gründe, welchen den Ursprung der Nibelungensage den Burgunden zuweisen, nicht stichhaltig, so kann derselbe nur noch den Franken zu verdanken sein. Für die Franken sprechen in der That die meisten und die besten Gründe; es wird jedoch nothwendig sein, sich vorerst über das Wesen Siegfrieds zu verständigen, ehe jene Gründe können geltend gemacht werden.

Siegfried ist bekanntlich ein Welsung *), an. Völsungr (Sig. II, 18; III, 1, 3, 13). In den Namen der Welsunge und der Nibelunge liegt ein bedeutsamer Gegensatz, und von diesem hat die Untersuchung auszugehn. Welsung und Völsungr weisen zunächst auf ein verlorenes Welse, ahd. Weliso oder Waliso, ags. Välse zurück. Välse heisst auch in der That (Beovulf

---

*) Waitz: Forschungen zur deutschen Geschichte. I, 3 ff.
*) Die mhd. Dichter hatten nicht nur von der Bedeutung dieses Namens keine Ahnung, sie wussten nicht einmal, wem derselbe eigentlich zukomme. Im Biterolf heisst bekanntlich (V. 561, 676, 679) Biterolfs Schwert »Welsung«; später führt dasselbe Biterolfs Sohn Dietleib (Bit. I. 3658, 12365). Die Form »Walsung« findet sich in Laurin (Deutsches Heldenbuch Bd. I; Anm. zu Laurin 1289 und 1359—64). Im Ritterpreis endlich, einem handschriftlichen Bruchstücke wahrscheinlich des vierzehnten Jahrhunderts, findet sich als dritte Form »Wilsunk«. Vgl. W. Grimm: Heldensage. 281.

897) Sigmunds Vater, und in der Völsunga saga (cap. 2—5) führt ebenderselbe den schon patronymisch gebildeten Namen Völsung. In Weliso aber ist das s ableitend, und der Name gehört zu dem von Müllenhoff (Nordalbingische Studien I, 11 ff) aus altsächsischen Ortsnamen wie »Welanao« sowie aus mehreren aa. und ags. Stellen, in welchen eine frühere persönliche Bedeutung des Substantivs wëlo (ags. vela) durchschimmert, nachgewiesenen göttlichen Welo oder Walo, und dieser entspricht hinwiederum dem Vali der Eddalieder und der Snorra Edda. Speciell für den Mythus scheinen übrigens die Mittelglieder, welche zwischen Odhin, dem Ahnherrn Sigurdhs, und diesem selbst liegen, und welche die Völsunga saga (cap. 1—11) aufzählt, bedeutungslos zu sein; es ist daher höchst zweifelhaft, ob die entsetzliche Wildheit, welche in diesen Erzählungen herrscht, von W. Grimm (Heldensage 374) mit Recht als ein Zeichen des höchsten Alters ist geltend gemacht worden; dergleichen Züge könnten auch als Merkmal beginnender Ausartung betrachtet werden.

Was nun den Welo anbetrifft, auf welchen der Name der Welsunge zurückweist, so sind wir aus deutschen Quellen spärlich genug über denselben unterrichtet. Etwas mehr geben die nordischen über den ihm entsprechenden Vali; nach Hyndluliödh Str. 28 ist er einer der zwölf Asen, der Bruder und Rächer Balders:

vàru ellifu	Eilfe wurden
æsir taldir,	der Asen gezählt,
Baldr er hné	Als Baldur bestieg
vidh bana thúfu;	die tödtlichen Scheite.
thess lézk Vali	Wali bewährte sich
verdhr at hefna,	werth ihn zu rächen,
sins of bródhur	da er den Mörder
slö hann handbana.	des Bruders bemeisterte.

Noch ausführlicher ist die Vegtamskvidha Str. 11:

Rindr berr	Rindur im Westen
i vestrsölum,	gewinnt den Sohn,
sä mun Odhins sonr	Der einnächtig, Odhins
einnætr vega;	Erbe, zum Kampf geht.
hönd um thvær	Er wäscht die Hand nicht.
né höfudh kembir,	das Haar nicht kämmt er.
ádhr á bál um berr	Bis er zum Holzstoss brachte
Baldrs andskota.	Baldurs Mörder.

Snorri endlich berichtet: Ali edha Vali heitir einn, sonr Odhins ok Rindar, hann er diarfr í orostum ok miök happskeytr (Snorri ed. Rask, pag. 31; ed. Hafn 1. 102). — Balders Tod wird bekanntlich auf das zur Zeit der Sommersonnenwende abnehmende Licht, Valis That auf dessen erneute Zunahme zur Zeit der Wintersonnenwende bezogen (Simrock. Mythol. 84 ff). Es handelt sich zunächst darum, ob die Namen der beiden Götter Bezüge auf das Licht zulassen, oder nicht. Balders Name gehört zu dem Adjectivum g. baltha, an. ballr [10], ahd. und as. bald, ags. beald, welches die Bedeutung von »muthig, kühn« hat. Vali's Namen ausschiesslich aus dem Deutschen zu erklären, hält schwer, auch wenn man das gothische Adjectivum valis, mit welchem Ulfalis das griechische ἠγαπημένος oder γνήσιος (Col. 3, 12; Phil. 4, 3; 1 Tim. 1, 2; 2 Tim. 2, 1; Tit. 1, 4) überträgt, herbeizieht; letzteres hat ohnehin das ableitende s, welches dem Eigennamen des Gottes fehlt. Nun besitzt das Altindische eine Wurzel gval (dschval), welche den Begriff des Leuchtens oder Brennens hat, und welche auch zur Erklärung von Völundhrs Namen ist verwendet worden [11]. Das indische palatale ġ entpricht indogermanischem gutturalem g, und in den ältern germanischen Mundarten ist der Abfall eines anlautenden Gutturals vor folgendem v (w) häufig genug. Hinsichtlich der Etymologie steht also dem Zusammenhang von Vali mit der Wurzel gval nichts im Wege. Das gothische Adjectivum gehört ebenfalls zu dieser Wurzel; nur ist die letzterer zu Grunde liegende concrete Bedeutung auf ein mehr abstractes ethisches Gebiet übergegangen, immerhin auf ein solches, welches nach arischer Anschauung aus jenem von selbst sich ergab [12]. Ganz wie Waliso, Weliso ist nach J. Grimms deutscher Grammatik (II, 269) ein Wort ebenfalls männlichen Geschlechts, nämlich unser »Fels«, ahd. vel-is, as. fel-is. Das germanische Suffixis beruht auf indogermanischem —as; die mit demselben gebildeten Worte sind zwar in der Regel nomina actionis; doch kommen neben denselben auch einige nomina actoris vor. (Vgl. Schleicher: Compendium, S. 453).

Nun fällt es aber auf, dass Balder trotz seinem kriegerischen Namen ganz friedlich erscheint, während umgekehrt Vali, in dessen Namen kein Bezug auf Kampf und Streit liegt, als »diarfr í orostum ok miök happskeytr« bezeichnet wird. Ergänzende Züge bietet indessen Saxo Grammaticus; bei ihm erscheint Balder kriegerisch und kämpft mit Hotherus um den Besitz der schönen Nanna. Der dem Vali der Edda entsprechende Hächer des Balderus sodann heisst bei Saxo Bous, also an. Búi, ahd. Pûwo, was Simrock (Myth. 313) wohl mit Recht auf das wieder baulich werdende Land bezieht. Es ist hiebei nicht zu übersehn, dass Vali bei Snorri auch Ali genannt wird, welcher Name zu »at ala« (g. aljan) gehört und folglich trefflich zu dem Bous des Saxo passt. Einen Beáv, welcher dem Bous (Búi) ebenfalls entspricht, enthalten die angelsächsischen Genealogien, letzterer aber zieht nothwendig auch Beovulf, den

---

[10]) Der Eigenname hat im Gegensatze zu den Adjectivum keine Assimilation.
[11]) Vgl. Germania XIV, 289.
[12]) Einen ähnlichen Uebergang vom sinnlichen auf das ethische Gebiet gewährt im Sanskrit das Adj. dakshina, welches 1) »südlich, rechts«, 2) »tüchtig« bedeutet.

3

Helden der bekannten angelsächsischen Dichtung nach sich, welchen Müllenhoff (Ztschr. f. d. A. VII, 410 ff.) mit Recht an Beáv knüpft. Eine solche Verbindung des epischen Helden Beowulf mit Vali und den Welsungen widerspricht nun freilich allen bisherigen Auffassungen dieser Sage; Müllenhoff selbst, welcher (a. a. O. 418) derselben ziemlich nahe war, weist dieselbe schliesslich doch zurück und entscheidet sich für die Identität von Beáv und Freyr, weil ihm die Bedeutung Valis nicht umfassend genug erscheint. Allein eine Gottheit, deren Name ursprünglich auf das Licht zurückweist, deren anderer Name agrarische Bedeutung hat, deren Charakter endlich kriegerisch erscheint, dürfte im Grunde als ziemlich »umfassend« zu bezeichnen sein. Der Bezug auf das Meer, welcher in der angelsächsischen Reihe Sceáf, Sceldva, Beáv und Tætva allerdings vorhanden ist, und der im Norden auch dem Freyr zukommt, fehlt dem Vali freilich. Da aber Freyr ursprünglich kein germanischer Gott ist, so liegt die Annahme nahe, derselbe habe, einmal unter die Gottheiten des skandinavischen Nordens aufgenommen, andere ursprünglich germanische Götter und zwar namentlich solche, die ihm etwas ähnlich waren, mehr oder weniger verdunkelt. Jedenfalls waren Balder und Vali ursprünglich bedeutender, als sie in dem Systeme der Edda erscheinen; dafür spricht schon der Einfluss, den der Tod des erstern auf die Geschicke der Welt im Allgemeinen hat; diess aber berechtigt uns zu dem Schlusse, dass in der Edda manches vergessen oder auf andere Gottheiten übertragen sei, was einst jenem Brüderpaar gehörte.

Nehmen wir also an, das Brüderpaar Baldr und Vali sei in der germanischen Mythologie einst von grösserer Bedeutung gewesen, als es jetzt nach dem Systeme der Edda den Anschein hat, und es seien Eigenschaften von ihnen auf den bloss entlehnten Gott Freyr übertragen worden, die früher einem von jenen Beiden oder Beiden zusammen angehört hätten. Beide waren also ursprünglich Gottheiten des Lichts, wie der Name Valis beweist, und der durch das Licht bedingten Güter, wie der Name Hous bei Saxo andeutet [19]). Durch den in der Natur der Dinge liegenden Gegensatz zwischen Licht und Finsterniss sind sie überdiess noch zu streitbaren Gottheiten geworden; das beweist für Vali sein Mythus, für Balder sein Name, letzterer überdiess in Verbindung mit dem bei Saxo von Balderus erzählten. Der Unterschied zwischen beiden ist demgemäss ein zeitlicher, kein elementarer, wie sich das auch in ihrem brüderlichen Verhältniss ausspricht; Balder bezeichnet das von seinem Höhepunkt sinkende Sonnenlicht, Vali das neu erstehende. Das Fest des einen muss in die Zeit der Sommersonnenwende fallen, das des andern in die der Wintersonnenwende; zu dem Kultus des einen werden also die Johannisfeuer gehören, zu dem des andern diejenigen aus der Zeit des Heidenthums stammenden Sitten und Gebräuche, welche in die Zeit des nach dem kürzesten Tage

---

[19]) Wie leicht sich aus dem Begriffe des Lichtes der des Segens und der Fülle entwickelt, zeigt z. B. das altindische Substantiv vasu, welches sowohl die Bedeutung von »Strahl, Lichtstrahl« als die von »Reichthum« hat.

wieder zunehmenden Lichts, in die sog. »Zwölften« von Weihnachten bis zum Dreikönigstag, fallen. Wenn Balder und Vali ihren Ursprung beide dem Elemento des Lichts verdanken, so sind sie auch wesentlich einander identisch. So erklärt es sich, warum der Name des Wel-sungengeschlechts auf Valis (Welos) Namen beruht, während der Held Siegfried durch seinen frühen Tod entschieden auf Balder hinweist. Der eigentliche Name des göttlichen Wesens wird dann Vali gewesen sein, weil in diesem Worte noch das in beiden Gottheiten personifi-cierte Element enthalten ist, während Balders Name nur eine Eigenschaft, welche den Licht-göttern zukömmt, ausspricht.

Auch die angelsächsischen Stammtafeln, auf welche schon oben hingewiesen wurde, ver-theilen ursprünglich zusammengehörige Eigenschaften eines einzigen Wesens auf mehrere. Im Beovulf erscheint zuerst Scúf (Scyld heisst V. 4 Scéfing), dann als dessen Sohn Scyld (V. 4), dessen Sohn Beóvulf (V. 18, 19, 53). Dem entsprechend haben die Genealogien bei Ethelwerd, Asser, Florenz, Simon Dunelm, Ethelredus Rievall, Radulfus, Johannes Wallingfird, Matthäus Westmon die Namen Sceáf und Sceldva. Otterbourne und die mercische Genealogie haben überdies die fünf Namen Bedvig, Hvala, Hathra, Hermód und Heremód, und sie stellen die-selben mit Auslassung von Sceáf vor Sceldva. Ueber andere Variationen des nämlichen Mythus vgl. Müllenhoff in Haupts Ztschr. VII, 412. Der wesentliche Inhalt desselben ist nun folgen-der. Ein neugeborener Knabe — im Beovulf V. 46 heisst derselbe ungeboren (umbor vesende) — landet in steuerlosem Schiff auf einer Garbe schlafend, von Schätzen und Waffen umgeben. Er wird König des Landes, in welchem er landet, und von der Garbe, auf welcher er schlief, erhält er den Namen Sceáf. Als er gestorben, wird er wieder mit seinen Schätzen auf das steuerlose Schiff gelegt und dem Wasser preisgegeben. Auf dieser Sage von Sceáf oder Scyld beruht die spätere vom Schwanritter; doch erscheinen manche Züge in etwas veränderter Gestalt. Zunächst erscheint hier das Schiff nicht steuerlos, sondern es wird von einem Schwan herbei- und, als der Ritter das Land wieder verlässt, weggeführt. Dann ist der Schwauritter kein Kind wie Sceáf oder Scyld, sondern er tritt gleich als Mann auf; ferner schützt er eine fürstliche Frau vor ihren Feinden und erhält dafür ihre Tochter zur Gemahlinn; bei letzterer bleibt er, so lange dieselbe an ihn nicht die verbotene Frage nach seiner Abstammung richtet. Die ältere Erzählung von Scyld ist sehr summarisch gehalten, und vom Erwerb einer Gemahlinn findet sich keine Spur; da indessen der Beovulf an andern Stellen von Scyldingen, Nach-kommen Scylds, spricht, so kann eine solche auch nicht gefehlt haben; hingegen ist das vorge-rücktere Alter des Schwanritters aus dem Bestreben einer spätern Zeit hervorgegangen, den ihr unverständlich gewordenen Zug, dass der »umbor vesende« sofort einen Kampf besteht, zu tilgen. Auf steuerlose Schiffe nun wurden im germanischen Heidenthum die Todten gelegt, z. B. Scyld (Beovulf V. 48, 49 léton holm beran, geáfon on gársecg), Atli (Atlamál Str. 101 knörr mun ek kaupa); bei Balders Bestattung erscheint das Schiff mit dem Leichenbrand verbunden, d. h. letzterer findet auf ersterm statt. (Vgl. Weinhold: Altnordisches Leben. S. 479, 483). Führte aber das steuerlose Schiff zum Tode, so muss es auch aus dem Reiche der Abgeschiedenen kommen, und Scyld oder Sceáf ist demnach ein Ankömmling aus letzterm. Da nun aber auch der Schwan zur Unterwelt Beziehungen hat, so bilden Scylds und Lohengrins Ankunft im Grunde nur zwei verschiedene Bilder für die Herkunft aus dem Todtenreich; letztere aber ist wiederum der Grund, warum des Schwanritters Abstammung verborgen bleiben muss. (Simrock: Mythologie. S. 316). Hierin aber liegt hinwiederum der Beweis für die Identität Sceáfs und Valis. Wenn Balder und Vali ursprünglich identisch sind und Balder nach seinem Tode in der Unterwelt weilt, so muss auch Vali eigentlich aus dieser kommen. Erst als der eine Lichtgott als zwiefaches Wesen aufgefasst wurde, konnte von einer förmlichen Zeugung und Geburt Valis die Rede sein.

Haben wir aber in Uebereinstimmung mit Simrock (Mythologie 313) Sceáf und Vali für identisch erklärt, so hindert uns jetzt nichts, noch einen Schritt weiter zu gehn und auch Beovulf herbeizuziehn. Beovulf vereinigt, soweit er mythisch ist, diejenigen Elemente in sich, welche im skandinavischen Norden unter Balder und Vali vertheilt sind; als Besieger Grendels entspricht er dem Vali, als nach dem Drachenkampf in der zweiten Hälfte des Gedichts sterbend dem Balder. Der Höhepunkt des Lichts zur Zeit der Sommersonnenwende ist dessen Sieg über die Mächte der Finsterniss; aber mit dem Siege tritt gleichzeitig das allmälige Sinken, die Niederlage ein; dem entsprechend fällt Beovulf, indem er den Drachen erlegt. Entspräche Beovulfs letzter Kampf, wie Müllenhoff (Haupts Ztschr. VII, 432) meint, mythisch gefasst den Herbstkämpfen der Natur, so würde das wohl auf die Niederlage der unter diesem Namen sich bergenden Gottheit passen, ihr gleichzeitiger Sieg aber bliebe unerklärt [11]); beides erklärt sich nur, wenn wir den Kampf in eine Zeit verlegen, wo die Niederlage dem Siege gleichsam unmittelbar auf dem Fusse folgt. Denjenigen aber, welche Beovulf mit dem Donnergotte identificieren möchten, ist der nämliche Grund entgegenzuhalten, welchen derselbe Gelehrte (ebend. S. 439 ff) gegen diese Auffassung geltend gemacht hat. »Wenn Beóvulf ein Thorsheld wie Hálfdan wäre, sollte er dann nicht auch, statt mit der blossen hand oder dem schwerte, wie dieser mit einer keule oder einem hammer kämpfen? wäre es dann wahrscheinlich, dass in einer so alten überlieferung wie das ags. gedicht doch immerhin ist, schon jede deutliche erinnerung an den donnergott verwischt wäre? sollte etwa die persönlichkeit des historischen Beóvulf so sehr alles was auf ihn zurückdeutete absorbiert haben, dass in dem

---

11) Man hüte sich, den Kampf Thors mit dem Midhgardhsorm zur Vergleichung herbeizuziehn, in welchem beide Wesen, das göttliche und das dämonische, fallen. Thor siegt sonst in allen seinen Kämpfen über die Ungethüme; wenn er hier, obschon siegreich, dennoch gleichzeitig stirbt, so liegt das in der Natur dieses Kampfes begründet, welcher den Untergang aller Götter im Gegensatz zu allen übrigen Kampfen verlangt.

ganzen Äussern des helden auch nicht eine spur davon zurückblieb? finden wir doch an Dietrich noch den der skeggrödd und den flammenblicken (Sæm. 74) des gottes entsprechenden feuerathem.· Dass aber Beovulf auch nicht Freyr sein kann, glaube ich schon zur Genüge angedeutet zu haben. Die Erlegung des Drachen durch Beovulf stimmt aber auch darin mit der Fafnis durch Sigurdh überein, dass hier wie dort das Ungethüm von unten durch den Bauch umgebracht wird (Beov. V. 2700 [15]), Sæmund zu Fafnismál 1). Zwei Umstände scheinen allerdings der Zusammenstellung Beovulfs mit den Lichtgöttern immer noch im Wege zu stehn, nämlich erstlich sein hohes Alter und zweitens das Local, an welches die Sage seine Kämpfe, sowohl den ersten siegreichen mit Grendel als den Drachenkampf, verlegt. Was zunächst den erstern anbetrifft, so wird der sterbende Balder wie der ihm in der Heldensage entsprechende Siegfried als in der Blüthe seiner Jugend gemordet dargestellt; Beovulf andrerseits sagt V. 2733 ff.:

Je thâs leóde heóld   diess Land beherrscht' ich
fiftig vintra   fünfzig Winter.

Allein entweder kann hier der historische Beovulf (Müllenhoff in Haupts Ztschr. VII, 419) eingewirkt haben, oder es hat sich in Folge des nicht mehr vorhandenen mythischen Verständnisses auch der mythische Zug verloren. Was sodann den zweiten Punkt, das Local der Sage, anbetrifft, so hat zwar Müllenhoff (a. a. O. 423 ff.) deren lokalen Grund keineswegs in Abrede gestellt, er hat jedoch gleichzeitig durch Herbeiziehung verwandter Kämpfe gegen Drachen oder Ungethüme überhaupt auch auf eine allgemeinere, minder örtlich beschränkte Bedeutung des zu Grunde liegenden Mythus hingewiesen. Und in der That, wenn wir uns an das oben (S. 13) in Bezug auf das Meer in manchen Mythen gesagte halten, so werden wir auch hier die locale Beschränkung nicht als der ältesten Form des Mythos angehörig zu betrachten haben. Auch hier kann das irdische Meer erst später an die Stelle des himmlischen Wolkenmeers getreten sein. Das Wolkenmeer ist es, welches das Sonnengold, den Hort, zurückhält, und eines Gottes oder eines göttlichen Helden bedarf es, denselben den Menschen wiederzugewinnen. So erscheint Beovulfs siegreicher Kampf gegen Grendel als Kampf des Sonnenjünglings gegen die als Dämon personificierte Wolke mit ihren Wassermassen, und beiden entspricht in nordischer Sage Valis Sieg über den riesigen Hödhr. Schwieriger freilich ist es bei dieser Auffassungsweise, den zweiten Kampf, in welchem Beovulf zugleich siegreich und unterliegend erscheint, zu deuten; der Sonnenstrahl wenigstens, welcher die himmlische Wolkenmasse durchdringt und den Menschen auf der Erde das Sonnengold, im Epos den Hort, wiedergiebt, erscheint nur als Sieger. Wer an der Identität Beovulfs und des Sonnengotts trotzdem festhalten will,

---

[15]) Wenigstens sind die Worte »thât he thone nidhgæst i niodhor hvéne slóh« kaum anders zu verstehn, nachdem nach V. 2680 ein Hieb auf den Kopf (heafola) des Ungethüms erfolglos gewesen war.

muss hier die zeitliche Fixierung der an und für sich zu jeder Zeit möglichen Naturerscheinung als Tages- oder als Jahresmythus zu Hilfe nehmen; in letztern allerdings treffen Aufsteigen und Absteigen, Sieg und Niederlage, in einem Punkt wenigstens zusammen.

Rieger (Germania III, 183) verwirft dasjenige, was die Thidhrikssago über Siegfrieds Geburt berichtet; es sei aus der Genovefalegende und dem Mythus von Sceáf oder Scild zusammengesetzt, desshalb aber nur für einen Stammvater gerecht, da doch Siegfried ein Letzter seines Stammes sei. Als solcher erscheint Siegfried allerdings nach dem Wortlaut der Völsunga saga, und zwischen ihm und seinem Stammvater stehen nicht weniger als vier Glieder, Sigi, Rerir [16]), Völsung und Sigmund. Wer indessen die betreffenden Kapitel der Saga genauer ansieht, dem wird es schwerlich lange verborgen bleiben, dass das von Siegfried erzählte wahrhaft mythischen Gehalt hat und folglich auf die Thaten und Leiden eines Gottes hinweist, und dass andrerseits die seinen Vorfahren zugeschriebenen Thaten müssiges Flickwerk bilden und bloss dazu bestimmt sind, ihn, nachdem seine eigene göttliche Natur verdunkelt war, an eine andere Gottheit genealogisch anzuknüpfen. Sigi und Rerir gehören offenbar noch mehr zu Odhin, mit Wölsung hingegen beginnt das Geschlecht der Lichtgötter; letzterer erweist sich schon dadurch, dass er seiner Mutter aus dem Leibe geschnitten wurde (Völs. s. cap. 2) als identisch mit dem ungebornen Scyld (Beov. V. 46). Haben wir ferner oben Scyld oder Sceáf als dem Vali identisch erkannt, so hindert uns auch nichts, eine der Geburt des erstern ähnliche auch für letztern oder für den aus ihm hervorgegangenen epischen Helden anzunehmen. Was endlich der Ursprünglichkeit dieses Zuges der Sage noch zu Hilfe kommt, ist namentlich seine Uebereinstimmung mit ähnlichen Erzählungen bei stammverwandten Völkern. Nach der Thidrekssage wird Sisibe, die Mutter Sigurds von zwei Grafen, Artvin und Hermann, bei ihrem Gatten Sigmund der Untreue bezüchtigt; von den beiden Grafen in einen Wald geführt wird sie daselbst von einem Knaben entbunden. Letztern setzt sie in ein Glasgefäss und verschliesst dasselbe sorgfältig; darauf gerathen die beiden Grafen in Streit, wobei der eine fallend an das Glasgefäss stösst, in welchem das Kind verschlossen ist; letzteres stürzt in den Strom, die Königinn aber fällt in Ohnmacht und stirbt. In ähnlicher Weise machte Kunti, nachdem sie den Karna geboren, aus Binsen einen grossen Korb, legte einen Deckel auf denselben und überzog ihn mit Wachs; in diesen Korb legte sie das Kind und trug dasselbe zum Açvanada. Das Kind gelangt auf diese Weise den Açvanada hinab in die Tsharmanvati, aus dieser in die Gamunâ und aus dieser hinwiederum in die Gangâ bis zur Stadt Tshampa. In ähnlicher Weise wird Perseus als neugeborenes Kind nebst seiner Mutter in einen Kasten gesetzt und den Meereswogen übergeben. Der gemeinsame Zug der deutschen, indischen und griechischen

---

[16]) Statt des unverständlichen Rerir wird wohl nach dem eddischen Formali (cap. 10) Verir zu schreiben sein.

Sage liegt in der Wasserfahrt des kaum geborenen Kindes, die localen Verschiedenheiten der vorkommenden Gewässer hingegen sind für den Mythus bedeutungslos. Und als ursprüngliche physische Bedeutung desselben werden wir das Hervorbrechen des Lichts aus dem himmlischen Wolkennass zu bezeichnen haben; die epische Weiterbildung setzte dann an die Stelle desselben irgend ein durch die localen Verhältnisse des einen oder des andern Volkes bedingtes irdisches Gewässer.

Slfrid ahd. Sigufrid (assim. Sigifrid) bezeichnet wörtlich einen, welcher Frieden bringt durch den Sieg. Jeder Sieg setzt natürlich einen Besiegten voraus. In der Heldensage erscheinen der Drache Fafnir und Regin deutlich als die von Sigurdh besiegten. Von einem entsprechenden Kampfe Balders mit Hödhr meldet allerdings die Edda nichts; bringen wir aber den Namen des Gottes in Anschlag, und berücksichtigen wir ferner, was Saxo von Balderus erzählt, so gewinnen wir einen Kampf mit Hotherus, der finstern Gottheit, einen Zug, welchen auch W. Müller (Germania XIV, 269 Anm.) für ein echt mythisches Motiv erklärt.

In der Edda gehört Högni zu den Giukungen nach Hyndluliodh Str. 26:

Gunnar ok Högni	Gunnar und Högni
Giúka arfar,	waren Giukis Erben,
ok idhsama Gudhrûn	Desgleichen Gudrun
systir theirra.	Gunnars Schwester.

Auf deutschem Boden freilich erscheint Hagen nur als Dienstmann König Gunthers (Nib. 9, 1 u. a. a. O. Thidr. s. cap. 169), und unter den geschichtlich beglaubigten Persönlichkeiten des burgundischen Königshauses findet sich kein Raum für ihn. Das Dämonische, welches die Sage ihm beilegt, ist folglich nicht erst auf eine geschichtliche Persönlichkeit übertragen, sondern es bildet den Grundzug von Hagens Wesen und weist ihn in das Gebiet des Mythus. Gehört aber Hagen als Mörder des mythischen Siegfried in letzteres, so erweist sich jene Version der nordischen Ueberlieferung, nach welcher dieser von Guthorm erschlagen wird (Sig. III, 20—23, Brot af Brynh. 4. Völs. s. cap. 30) als unecht; der Mörder des mythischen Siegfried kann kein anderer als der ebenfalls mythische Hagen gewesen sein. Ist Siegfried identisch mit Balder, so fragt es sich, ob auch eine Zusammenstellung Hagens mit Hödhr dem Hotherus des Saxo, möglich ist. Was zunächst die Namen betrifft, so stimmen Hödhr (ahd. Hadu) und Hagen (ahd. Hagano, an Högni) nicht überein; da indessen ein mythisches Wesen leicht mehrere Namen haben konnte, so steht ihrer Identification, falls Uebereinstimmung ihres Wesens nachweisbar ist, nichts im Wege. Nach Gylfaginning (Sk. 13) ist Hödhr blind; Sæmund wird diesen Umstand nur zufällig verschwiegen haben. Dazu stimmt es, dass Hagen mehrfach als einäugig bezeichnet wird; die spätere Sage, welche sich einen Helden von so hervorragender Bedeutung nicht mehr blind vorstellen konnte, suchte die Blindheit durch Einäugigkeit zu mildern. Ebenso wird aber auch, wenn Hagen im Waltharius (V. 1393; vgl.

auch Thidr. s. cap. 244) nicht ursprünglich einäugig erscheint, sondern sein rechtes Auge erst im Kampfe mit Walther von Aquitanien verliert, dieser Zug auf dem Bestreben beruhn, einen unverständlich gewordenen Zug der Sage zu motiviren. An und für sich diente derselbe zur sinnbildlichen Charakteristik nächtlicher oder winterlicher Dämonen und steht so in diametralem Gegensatze zu den strahlenden Augen der Welsunge und überhaupt der Gottheiten des Lichts. Auffallen dürfte es noch, dass namentlich auf deutschem Boden Hagen viel finsterer und schrecklicher aussieht als der ihm entsprechende nordische Hödhr. Das Nibelungenlied nennt ihn den »grimmen«, den »übermüeten«, und Str. 1672, 4 heisst sein »gesiune« (Gesicht) »eislich«, womit die wenig schmeichelhafte Schilderung der Thidhrikssage (cap. 169) übereinstimmt. Der nordische Hödhr hingegen wird nicht als Riese, sondern als Gott geschildert, und Skaldsk 13 wird er geradezu ein Sohn Odhins genannt [17]); darum sitzt er auch in der nach dem Weltbrande neu verjüngten Welt friedlich neben Balder (Völuspå. Str. 61). Mit Recht sieht daher Simrock (Mythologie S. 85) in Hödhr eine Personification des an sich berechtigten und unschädlichen Dunkels, welches der Herrschaft des Lichts nach der natürlichen Ordnung der Dinge folgen muss. Ebenso fällt, vom sittlichen Gesichtspunkte betrachtet, die Schuld von Balders Ermordung nicht sowohl auf Hödhr als auf seinen Rathgeber Loki, dessen Einmischung übrigens W. Müller (Germ. XIV, 269 Anm.) mit Recht für unursprünglich hält. Erscheint daher der deutsche Hagen so viel schrecklicher als Hödhr, so ist in dieser Beziehung die ethische Weiterbildung seines Charakters in Anschlag zu bringen.

Hagen also ist mythisch wie Siegfried, beide gehören ein und demselben Mythus an und stehn sich als Feinde gegenüber. Wie nun aber wurde der Mythus mit den geschichtlichen Ereignissen verbunden, von welchen die Könige der Burgunden sind betroffen worden? Man hat sich nach Lachmanns Vorgang (Zu den Nibelungen S. 342, 343, 346) daran gewöhnt, zwei Personen des Namens Gunther anzunehmen, den geschichtlichen Burgundenkönig und eine gleichnamige mythische Persönlichkeit, einen Nibelung. Jedenfalls führt dieser Punkt zur Besprechung der Nibelungen, zur Bestätigung oder zur Leugnung ihrer mythischen Bedeutung. Die Ansichten Lachmanns und W. Müllers gehen in dieser Frage diametral auseinander; ersterer bezeichnet sie (Zu den Nibelungen, S. 342) als ein »übermenschliches Geschlecht aus dem kalten neblichten todtenreich«, letzterer (a. a. O. S. 44 ff, Germania XIV, 268) spricht ihnen jede mythische Bedeutung ab.

Es sind im Ganzen drei Berichte über die Nibelungen zu unterscheiden. Nach dem einen derselben (Waltharius 555) sind die Nibelungen Franken, und doch haben dieselben auch hier den burgundischen Gunther zum König. Der zweite Bericht identificiert sie mit den Burgunden; hieher gehört namentlich der zweite Theil des Nibelungenliedes nebst manchen Stellen der Edda; in letzterer

---

[17] Vgl. Edda. Hafniæ II, S. 312, 473, 594, 556 (616), 636.

werden dieselben als Giukungar bezeichnet (Br. af Br. 16, Dr, Nifl., Akv. 11, 17. 26, 27, Atl. 45, 49), und geradezu Borgundar heissen sie Akv. 18. Nach dem dritten Berichte endlich sind die Nibelungen ein durchaus mythisches Volk. Dieser dritte Bericht ist ebenfalls im Nibelungenlied enthalten von Str. 43? an. Nach der Auffassung der betroffenden Strophen waren die Nibelungen die ersten Besitzer des Horts, und Siegfried gewann ihnen douselben nb. Als ihr Land wird (Str. 682, 3) Norwegen bezeichnet, nicht ohne einen gewissen Rationalismus, aber doch so, dass das nördlich entlegene Land auch auf dämonische Besitzer hinweist. Nach W. Müller beruhen diese seltsamen nordischen Nibelungen auf blosser Combination, sind sie bloss dazu ersonnen, den Ausdruck »Nibelungenhort« zu erklären; in Wirklichkeit seien die Nibelungen Franken, und der Name sei, nachdem das burgundische Reich vom fränkischen verschlungen worden, auch auf die Burgunden übergegangen. Vergleichen wir indessen die verschiedenartigen Berichte mit einander, so werden wir zu der Einsicht gelangen, dass die beiden letzten zufolge der Beschaffenheit ihrer Quellen der Volksdichtung, der erste hingegen der bewussten dichterischen Thätigkeit eines einzelnen mehr oder weniger gelehrten Mannes angehört. Nun ist es doch wahrscheinlicher, dass ein Dichter der letztern Art, der in den Verhältnissen seiner eigenen Zeit nichts fand, was einem deutschburgundischen Reiche am Rhein mit der Hauptstadt Worms entsprach, nach den factischen Verhältnissen seines Jahrhunderts änderte und an die Stelle der Burgunden Franken setzte, als dass die dichtende Volkssage an die der Franken Burgunden brachte, von welchen sie doch, die Richtigkeit älterer in die Zeit der Entstehung der Sage zurückreichender Tradition ausgeschlossen, nichts wissen konnte. Wenn auch der Name selbst vom achten Jahrhundert an häufig und hauptsächlich auf fränkischem Boden als persönlicher erscheint, so beweist das nicht, dass die Franken die Nibelungen waren, sondern nur, dass das Geschlecht der Nibelungen durch die Sage so berühmt geworden war, dass man Kinder nach ihm benannte [16]). Als Geschlechtsname findet der Name sich nirgends, und da Müller auch nicht bewiesen hat, weshalb die Franken Nibelungen sollten geheissen haben, so bleibt schliesslich doch nur die mythische Bedeutung des Namens übrig.

Die mythische Bedeutung der Nibelungen ist sowohl durch nordische als durch deutsche Quellen gesichert. Was zunächst die erstern betrifft, so wäre es überflüssig, dasjenige zu wiederholen, was schon Rieger (Germania III, 170 ff.) über den Zusammenhang der Nibelungen mit Nifheim und Nifhel sowie über die Beziehungen der Elbe zum Todtenreich angeführt hat; Müller hat das alles kaum berührt, geschweige denn widerlegt. Die Belege fehlen aber auch in der deutschen Ueberlieferung keineswegs. Was das Nibelungenlied (Str. 88 ff.) von König Niblung und seinen Söhnen erzählt, entspricht, so verwischt die Einzelheiten sind, der nordischen Erzählung von Hreidhmar, Fafnir und Regin. Es stempelt mithin dieser Bericht die

---

frühern Besitzer des Hortes zu mythischen, und auch die Schilderung 484 ff., 739 ff. bestätigt das. Darauf aber wäre ein Dichter des zwölften Jahrhunderts schwerlich gekommen, wenn sich diese Tradition nicht bis auf seine Tage im Volksgesang erhalten hätte.

Noch ein zweiter Punkt ist an dieser Stelle zu beachten. Diejenigen, welche vor Siegfried Besitzer des Hortes waren, sind also Nibelungen; die deutsche Sage nennt dieselben ausdrücklich so (Nib. Str. 89 ff.), und für die nordische lässt sich der Name aus dem Umstande folgern, dass die Erzählung von König Niblung und seinen Söhnen genau mit dem über Hreidhmar, Fafnir und Regin berichteten übereinstimmt. Andrerseits werden aber auch die Burgunden, welche durch Siegfrieds Ermordung das Gold gewinnen, in Deutschland wie im Norden ebenso benannt. Es fragt sich also, ob der mythische Name auf ein geschichtliches Volk nur übertragen ist, weil der vorher mythische Schatz letzterm anheimfiel, oder ob die burgundischen Nibelungen der Heldensage geradezu als Verschmelzung mythischer und historischer Bestandtheile zu betrachten sind. Erstere Annahme würde sich empfehlen, wenn die zwiefache Benennung erst in die Abfassungszeit des Nibelungenliedes, also in's zwölfte Jahrhundert fiele. Da aber letztere der deutschen und der nordischen Sage gemeinsam ist (llr. 16, Dr. Nifl., Akv. 11, 17, 26, 27, Atlm. 45, 49 vgl. mit Nib. Str. 1523, 1526, 1527 u. s. w.), so wird der Name hiedurch in eine viel frühere Zeit, spätestens in das sechste Jahrhundert gerückt. Bei dieser Annahme aber hält es doch sehr schwer, sich für blosse Uebertragung zu entscheiden, und wir werden vielmehr zu der Annahme gedrängt, es hätten sowohl diejenigen so geheissen, welche vor Siegfried den Hort besassen, als die spätern Besitzer, nur hätten dann letztere durch die Verknüpfung des Mythus mit der Geschichte überdiess den Namen der Burgunden erhalten.

Dass die burgundischen Könige Gibikunge (an. Giúkungar), d. h. Nachkommen des Gibica, sind, ergiebt sich deutlich aus der Lex Burgundionum, in welcher (tit. 3) König Gundehad einen Gibica an der Spitze seiner königlichen Ahnen stellt, und es ist daher schwerlich richtig, diesen Gibica mit Müllenhoff (Ztschr. f. d. A. X, 154) als eine »durchaus« mythische Person zu bezeichnen. Wohl aber scheint es neben diesem geschichtlichen Gibica einen gleichnamigen mythischen gegeben zu haben; J. Grimm hat einen solchen aus Ortsnamen, welche eine Beziehung auf menschliche Ansiedler nicht zulassen, sowie aus Volkssagen nachgewiesen (Ztschr. f. d. A. I, 572 ff.). Gibica gehört zu dem Verbum »geben« (g. giban), fällt also seiner Bedeutung nach mit einfachen ahd. gebo oder kepo im Sinne unseres abgeleiteten »Geber« zusammen. Der Name bedeutet also wie ags. bréaggifa, goldgifn, an. gullmidhlandi auf die fürstliche Tugend der Freigebigkeit. Andrerseits passt er aber gerade um dieser seiner Bedeutung willen auch auf elbische Wesen von der Art der mythischen Nibelungen. In der Nibelungensage allerdings erscheinen diese letztern eher goldgierig und eifersüchtig auf den Besitz ihrer Schätze als freigebig; es ergiebt sich jedoch aus andern Sagen zur Genüge, dass auch

die Tugend der Freigebigkeit Elben, Zwergen u. s. w, nicht unbekannt ist, sobald ihnen nur
Niemand ihr Gold auf gewaltsamem Wege zu entreissen sucht. Und es liegt ferner in der
Natur der Sache, dass der Name als solcher auch da sich erhalten konnte, wo er, genau genommen, auf seine Träger nicht passte; Namen von dieser Art gründen sich nicht auf einzelne
vorübergehende Erscheinungen, sondern auf Anschauungen des wirklichen oder vermeintlichen
Wesens derartiger Geschöpfe, wie es sich im Laufe der Zeit allmälig im Glauben des Volks
ausgebildet hatte.

Den Franken also, welche Augenzeugen des Untergangs des burgundischen Reiches im
Jahre 437 waren [18]), dessen Könige Gibikunge hiessen, verschmolz dieses Ereigniss mit ihrem
nationalen Mythus von der Ermordung ihres Heros Siegfried durch die Nibelungen; möglich
aber war diese Verschmelzung, einmal weil auch diese Gibikunge waren, und zweitens weil die
unter ihnen lediglich mündliche Ueberlieferung leicht an die Stelle des ganzen Volkes bloss
dessen Königshaus setzen konnte. Dem fränkischen Mythus also gehören Siegfried, seine ni-
belungischen Gegner und, was sich sonst noch im Verlaufe der Untersuchung als mythisch ergeben wird, an; aus der Geschichte der Völkerwanderung hingegen stammen Gunther und seine
Brüder, die Hunnen und Etzel, ihr Repräsentant in der Sage. Gehörte aber der mythische
Hagen zu den mythischen Gibikungen, so war, sobald einmal letztere mit den burgundischen
verschmolzen waren, nichts natürlicher, als dass die Sage jenen nun auch zu diesen stellte,
und zwar entweder wie im Norden als Bruder oder wie im Nibelungenliede als blossen Dienstmann. Nun fragt es sich noch, ob auch unter den mythischen Gibikungen, den Nibelungen,
ein Gunther war, dessen mit dem historischen übereinstimmender Name gleich dem zwiefach
vorkommenden der Gibikunge die Verschmelzung von Mythus und Geschichte unterstützte, oder
ob der geschichtliche der einzige gewesen ist. Lachmann (Zu den Nibelungen, S. 315, 343, 316)
hat ersteres behauptet, aber nicht bewiesen, und Müllenhoff (Ztschr. f. d. A. X, 155) hätte
daher nicht von Lachmanns »beweisen« sprechen sollen, um denselben »noch einen« beizufügen.
Wir haben oben den epischen Siegfried auf den Gott Balder zurückzuführen gesucht; an dem
Morde des Letztern aber ist neben dem unmittelbaren Mörder Hödhr auch noch Loki betheiligt.
Diese Betheiligung kennt indessen nur die Snorra Edda, während bei Sæmund (Völ. 37, 60,
Vegt. 9, 10) Hödhr allein genannt ist. Wir haben daher Lokis Einmischung als spätern Zu-
satz zu betrachten, und das um so mehr, da die Vernichtung des Lichtgottes durch den des
Feuers, wenn dessen Betheiligung auch nur eine mittelbare ist, mythisch keinen Sinn giebt. Dazu
kommt, dass Saxo in seiner Erzählung vom Kampfe des Halderus und Hotherus kein drittes
männliches Wesen als betheiligt erwähnt, wodurch seine Erzählung vor der Snorris an alter-
thümlicher Einfachheit gewinnt. Muss aber Loki aus andern Gründen aus dem Haldermythus

---

[18]) Waitz: Forschungen auf dem Gebiete der deutschen Geschichte. Bd. I, S. 10.

als nicht ursprünglich ausgeschieden werden, und bleiben in Folge dessen in diesem bloss zwei Kämpfer übrig, so werden auch in dem fränkischen Mythus von Sigufrid ursprünglich nur zwei, Siegfried und Hagen, einander gegenübergestanden haben, und Gunther mit seinen Brüdern fällt demgemäss völlig der Geschichte anheim. Siegfried und Hagen also sind rein mythisch, Gunther ist rein geschichtlich, Gibecho aber, und folglich auch die Gibikungen sind doppelt, im Mythus und in der Geschichte, vorhanden, und das zwiefache Vorhandensein dieser hat die Verschmelzung des Siegfriedsmythus mit der geschichtlichen Sage vom Untergange des burgundischen Königshauses ermöglicht. Indem nämlich die Franken des fünften Jahrhunderts den Untergang der burgundischen Gibikungen, dessen Augenzeugen sie waren, episch gestalteten, vermengten sich in ihrer Phantasie unwillkürlich diese mit den mythischen, und jene und diese flossen auf diese Weise zusammen. So lange der Mythus noch reiner Mythus war, hatte die Versenkung des Goldes in den Rhein, sein Zurückfallen an die frühern elbischen Eigenthümer genügt (Rieger, Germania III, 171); hatte er sich aber einmal episch gestaltet — und diese Veränderung war ohne Zweifel vor dem Jahre 437 eingetreten — so verlangte das nach epischer Anschauung schuldlos vergossene Blut Siegfrieds Rache; der Fall des Gibikungs Gunther im Kampfe mit den Hunnen erschien dann als Strafe für den an Siegfried verübten Mord [20]).

Eine Hauptpersönlichkeit mythischen Ursprungs ist Brünhild. Nach der Einleitung zu Sigrdrífumál schläft dieselbe auf einem Berge in einer Schildburg, und letztere glänzt, aus der Ferne gesehen, wie Feuer (svá sem eldr brynni). Dieser prosaische Bericht ist im Vergleich mit ältern, strophisch abgefassten, schon etwas verblasst; Fafnismál Str. 43 heisst es z. B.

> veit ek á fialli   Auf dem Steine schläft
> fölkvitr sofa,   die Streiterfahrne,
> ok leikr yfir   Und lodernd umleckt sie
> lindar vádhi.   Der Linde Feind.

Und Helr. Br. Str. 10 sagt Brünhild selber von Odhin:

> lét haun um sal minn,   Um meinen Saal,
> sunnanverdhan,   den südlich gelegnen,
> hávan brenna   Liess er hoch des Holzes
> her alls vidhar.   Verheerer entbrennen.

Dazu kommen noch die zwei Strophen, welche die Völsunga saga bei Gelegenheit von Sigurds Flammenritt citiert:

---

[20]) Die Einzelheiten der Vereinigung bei Müllenhoff in Haupts Ztschr. f. d. A. X. 146 ff. und in einer auch für Laien geniessbaren Form der Darstellung von W. Scherer (Preussische Jahrbücher XVI. 256 ff.)

eldr nam at wanak	Das Feuer brauste,
en iördh at skiálfa,	die Erde bebte,
ok bàr logi	die hohe Lohe
vidh himin gnæfa;	wallte zum Himmel.
fär treystisk thar	Wenige wagten da
fylkis rekka	das Heldeuwerk,
eld at ridha	in's Feuer zu sprengen,
nö yfiratiga.	noch drüber zn steigen.
Sigurdhr Grana	Sigurdh schlug
sverdhi keyrdhi;	mit dem Schwert den Grani;
eldr sloknadi	das Feuer erlosch
fyr ödblingi;	vor dem fürstlichen Helden,
logi allr lægdhisk	Die Lohe legte sich
fyr lofgiörnum	vor dem Lobgierigen;
bliku reidh	die Rüstung blinkte,
er Reginn átti.	die Regin besessen.

Diesen strophischen, folglich ältern und besser beglaubigten Schilderungen gegenüber ist es von untergeordneter Bedeutung, wenn jüngere und prosaische Quellen wie die Einleitung zu Sigdrifumâl oder Snorri die Flamme nicht erwähnen, obschon auch noch in jener die Worte »svâ sem eldr brynni« den wahren Sachverhalt durchschimmern lassen.
W. Müller (a. a. O. S. 80 ff.) und Simrock (Mythologie, S. 67) beziehen die Flamme auf die Unterwelt und weisen auf das entsprechende Feuer hin, von welchem nach Skirnismál Str. 8, 9, 17, 18 Gerdhr umlodert ist. Wenn es jedoch unstatthaft ist, den Siegfriedsmythus aus jenem Liede zu erklären, so werden auch die Einzelheiten desselben nicht von dorther aufzuhellen sein. Natürlicher und der Symbolik der Sage angemessener ist es, mit Kuhn (Ztschr. f. vgl. Sprachf. III, 451) die von der Waberlohe umloderte Walküre als die Morgenröthe oder als die Sonne selbst aufzufassen. Dann ist die Jungfrau Brünhild eine Personification, das Gold und der verhängnissvolle Ring sind Symbole des Sonnenkörpers. Man stelle sich nur diejenige Zeit des Morgens vor, welche dem Aufgang der Sonne unmittelbar vorausgeht; ehe noch letztere wirklich sichtbar wird, funkelt und glüht es am östlichen Horizonte; das ist die Waberlohe, von welcher umgeben die Sonne oder die als Walküre personificierte Sonnenjungfrau noch schlummert. Und ein Zeitalter, welches von der Kugelgestalt der Erde noch nichts wusste, glaubte wohl, der Sonnenball sei in die Gewalt finsterer Mächte gerathen, und es bedürfe eines Gottes oder eines götterentsprossenen Helden, dieselbe zu erlösen. Das stimmt vortrefflich zu der indischen Anschauung, nach welcher die Panis, Personificationen

des Sumpfnebels, das Sonnengold zurückhalten. Zu Paṇi gehört, da der linguale Nasal des Altindischen aus dem dentalen hervorgegangen ist und seinem p gothisches f in der Regel entspricht, g. fani (Sumpf), ahd. fenna, fenni, ags. fenn. Um den Besitz der indischen Sonnenjungfrau kämpfen die Açvinen, das Zwillingsbrüderpaar. Ebenso kämpft bei Saxo Balderus mit Hotherus um den Besitz der schönen Nanna, und für den Mythus wird ein ähnlicher Kampf zwischen Balder und Hödhr anzunehmen sein; letzterer wird überhaupt sein mehr oder weniger passives Verhalten der Verflechtung Lokis in den Mythus verdanken. Die deutsche Heldensage kennt diesen Kampf freilich nicht mehr, so wenig sie von einer Bruderschaft Siegfrieds und Hagens noch etwas weiss. Für eine frühere Periode dürfte dergleichen dennoch anzunehmen sein, zumal da Skaldsk. 13 die entsprechenden nordischen Gottheiten beide als Söhne Odhins erscheinen, und da nach Völuspá Str. 60 beide in Hroptrs (Odhins) Siegeshalle friedlich beisammen sitzen werden. (Vgl. Simrock, Mythol. S. 84, 85). Die gründliche elementare Verschiedenheit beider schliesst, obschon sie zu Kampf und Vernichtung führt, eine solche Verwandtschaft keineswegs aus; vielmehr entspricht letztere dem in der Natur angeschauten täglichen Wechsel von Licht und Finsterniss oder dem jährlichen zwischen Sommer und Winter in ungezwungener Weise. Haben wir aber oben Gunther für rein historisch erklärt und neben Brünhild bloss Hagen und Siegfried für mythisch, so kann auch der Kampf um die Sonnenjungfrau oder, wie in späterer Umformung die Sage es ausdrückt, deren Gewinnung durch Siegfried zu Gunsten eines Andern, ursprünglich nur auf Siegfried und Hagen Bezug gehabt haben.

Die Gemahlinn Balders heisst im Norden Nanna. Der Name ist verwandt mit g. nanthjan, as. nâdhian, ags. nêdhan, ahd. nendjan; er bezeichnet die Göttinn als die Kühne und passt somit trefflich zu Brünhild, der Bellona loricata, wie überhaupt zu den Gottheiten des Lichts. Nanna stirbt mit Balder, gerade wie Brünhild sich mit Sigurdh auf einem Holzstosse verbrennen lässt (Sig. III, 62 ff.). Haben wir oben in der auf dem Berge schlummernden und von Sigurdh erweckten Walküre das Morgenroth erkannt, so kann die mit oder unmittelbar nach ihm sterbende nichts anderes als das Abendroth bezeichnen [21]. Nun wird aber Nanna von den Mythologen auf die Blüthe bezogen (Simrock, Mythol. S. 88), wobei man sich darauf beruft, dass ihr Vater Neppr (für hneppr) »Knopf, Knospe« bedeutet. In der ältern Edda jedoch erscheint der Name Nanna nicht in Verbindung mit Balder, sondern es heisst hier (Hrafn. 8) eine Göttinn, welche sonst Idhunn genannt wird, so, und als Balders Gemahlinn erscheint Nanna erst bei Snorri. Idhunn gilt als Personification des grünen Blätterschmucks, und wenn Nanna die der Blüthe ist, so ist der Sprung von jener zu dieser an und für sich kein sehr grosser. Für diese Nanna nun, welche mit Jdhunn nahe verwandt oder geradezu identisch ist,

---

[21] Beide Deutungen passen natürlich nur für den Tagesmythus; sobald dieser zum Jahresmythus geworden war, passten sie nicht mehr recht, obschon die mythische Figur in der Sage fortlebte.

passt Neppr als Vater ganz wohl; die Gemahlinn des Lichtgottes hingegen, welche an und für
sich allerdings auch Nanna kann geheissen haben, lässt eine so eng begrenzte physische Grundlage nicht zu. Wenn daher Neppr bei Snorri als Vater dieser letztern erscheint, so beruht
dieses Verhältniss möglicherweise auf Uebertragung, und Nanna als Gattinn Balders ist gleich
der Brünhild der; Heldensage ursprünglich ebenfalls als Lichtwesen aufzufassen.

Die im Gegensatze zu Brünhild stehende weibliche Figur der Nibelungensage heisst im
Norden Gudhrûn, auf deutschem Boden Kriemhild. Der letztere Name weist entschieden auf
elbisches Wesen hin (Rieger, Germania III, 178); mit Gudhrûn hingegen scheint es sich allerdings anders zu verhalten. Es ist zwar nur eine Vermuthung der Gelehrten, Attila habe sich,
und zwar noch vor seiner Thronbesteigung, mit einer Schwester des burgundischen Gunther
dieses Namens vermählt (Lachmann, zu den Nibelungen, S. 347, Müllenhoff in Haupts
Ztschr. X, 159, Rieger, Germania III, 177, 178); allein die Vermuthung wird durch die Aehnlichkeit der Namen — die nordische Form hat im Gegensatze zur oberdeutschen bloss den Nasal eingebüsst — unterstützt, und eine bessere Erklärung ist bis jetzt ohnehin nicht vorgebracht
worden. So fällt es nicht auf, dass Gudrun in die Sage aufgenommen wurde, und es war das
um so eher möglich, als nach dem zuverlässigen Zeugnisse des Priscus (bei Jornandes c. 49)
Attila sich kurz vor seinem Tode mit einem Mädchen Namens Ildico vermählte, welches, von
der mündlichen Ueberlieferung wenigstens, mit seinem Tode in unmittelbaren Zusammenhang
gebracht, ja sogar geradezu für denselben verantwortlich gemacht wurde. Diese Jldico oder
Hildico konnte mit der vermutheten Gudrun zusammenfliessen, und beide konnten sich wieder,
da der erstere Name auffallend an den mythischen der Grimhild erinnerte, mit dieser vereinigen.
Der Norden, dem beide Namen überliefert wurden, suchte sich seinerseits dadurch zu helfen,
dass er die eine zur Tochter und die andere zur Mutter machte. In Deutschland hat sich
der elbische Name allein erhalten, während die Mutter den Namen Uote erhielt, ursprünglich
ein Appellativum und gleichbedeutend mit Ahnfrau überhaupt (J. Grimm in Haupts Ztschr. I, 21).

Bei der Umwandlung aus übermenschlichen weiblichen Wesen in mehr oder weniger
rein menschliche konnte Brünhild, die nun ihrer göttlichen Natur entkleidet war, nur verlieren.
Im Norden zwar, wo altgermanisches Wesen auch neben dem Christenthum länger und fried-
licher sich erhielt, hat sie ihren göttlichen Glanz nicht ganz eingebüsst, und ist sie wenigstens
Walküre geblieben; im Nibelungenlied hingegen, das kein Verständniss mehr für eine solche
Figur besass, ist sie zu einem zwar übermenschlich starken, aber entsetzlich bösen Weibe her-
abgesunken. Kriemhild (Gudrun) hat schon in der Edda gewonnen, und im ersten Theil des
Nibelungenliedes ist die tückische Elbinn (Rieger, Germania III, 194, 195) zu einem wahren
Frauenideal geworden; sogar das schreckliche Weib der Katastrophe erregt immer noch
tiefes und echtes Mitleid, weil seine Rachsucht durch das, was es gelitten, vollkommen genügend motiviert ist.

Wir haben den Mythus vom Sterben des Lichtgottes bis jetzt in zwei Gestalten kennen gelernt. Die eine, an und für sich noch reine Göttersage und in der ältern wie in der jüngern Edda überliefert, dürfen wir unbedenklich den skandinavischen Germanen zuweisen; die andere, ebenfalls aus der Edda, ferner aus der Völsunga saga und drittens endlich in jüngerer Form aus dem Nibelungenlied und der Thidrika saga bekannt, wurzelt, falls die oben gegebenen Beweise richtig sind, in fränkischem Boden. Beide weichen namentlich darin von einander ab, dass jene nicht nur Balders Tod, sondern auch die an seinem Mörder vollstreckte Rache, mythisch also den erneuten Sieg des Lichtes über die Finsterniss, enthält, während in dieser der Mythus, soweit er erhalten ist, mit dem Tode des Welsungs schliesst, und die Rache an seinen Mördern erst dem Epos angehört. Es handelt sich jetzt darum, die noch übrigen Spuren des Mythus, soweit sie bei Germanen und auch bei Indogermanen deutlich erhalten sind, zusammenzustellen.

Die älteste derselben, ja die älteste Nachricht überhaupt, bietet die Germania des Tacitus, und zwar das dreiundvierzigste Kapitel derselben: apud Naharnavalos antiquae religionis lucus ostenditur, praesidet sacerdos muliebri ornatu, sed deos interpretatione Romana Castorem Pollucemque memorant. ea vis numinis, nomen Alcis. nulla simulacra, nullum peregrinae superstitionis vestigium; ut fratres tamen, ut iuvenes venerantur. — Die Dioskuren der griechischen und römischen Mythologie sind Gottheiten des Lichts und zwar gleich Balder und Vali nicht des in seiner Erscheinung fortwährend sich gleich bleibenden, sondern des fort und fort mit den Mächten der Finsterniss kämpfenden Lichts[1]); ihre Epiphanie zur Zeit der Sommersonnenwende rückt sie den genannten germanischen Gottheiten sehr nahe, schliesst aber gleichzeitig die Beziehung auf Morgen- und Abendstern[2]) als eine zu enge aus[3]). Sind ferner die Dioskuren, ihrer Epiphanie nach betrachtet, Jahresgottheiten, so stempelt sie andrerseits ihr Tag um Tag wechselndes Leben und Sterben (Pindar, Nem. X, 55, Pyth. XI, 63) auch zu Gottheiten des Tages. Auch hierin gleichen sie den germanischen Lichtgöttern, insofern auch für diese die Verschiebung des Tages- zum Jahresmythus angenommen wird. Es fragt sich nun noch, wie weit der Name der naharnavalischen Dioskuren mit ihrem Wesen übereinstimmt, und wie weit sie auch von dieser Seite als Lichtgötter gekennzeichnet werden.

Was zunächst das c in Alcis betrifft, so kann dasselbe, da das Germanische zur Zeit des Tacitus den durch unser jetziges z repräsentierten Laut noch nicht kannte, nur als k aufgefasst werden, und es lässt sich für diese Auffassung bei einem Römer jener Zeit zumal bei einem Fremdworte nichts einwenden; (vgl. Corssen: Ueber Aussprache, Vokalismus und Beto-

---

[1]) Preller, Griech. Myth. II, 94 ff., röm. Mythol. 660.
[2]) Welcker, Griech. Götterlehre I, 606 fl.
[3]) Preller, Griech. Mythol. II, 96, Anm. 3.

nung der lat. Sprache, F.d. II. Bd. II, 44 ff.) In zweiter Linie handelt es sich darum, ob wir den Namen als Nominativus Pluralis oder als Genetivus Singularis aufzufassen haben[*]). Der Sprachgebrauch des Tacitus würde an und für sich beides gestatten; doch scheint es rathsamer, mit Zacher (Das gothische Alphabet Vulfilas und das Runenalphabet, S. 97) einen Nom. Sing. Alks und dem entsprechend einen Nom. Plur. Alkis (goth. alkeis) anzunehmen.

Der Name der Alcis weist auf eine indogermanische Wurzel ark, altind. ark' zurück, welche im Rigveda erhalten ist und die Bedeutung von »stralen« hat; es gehört zu derselben das Substantiv arki (Strahl, Flamme), arguna (1) weiss, hell, 2) Nom. propr. eines Helden), letzteres aus arg̍ rant, wo g̍ wegen des folgenden v an die Stelle des k getreten ist. Stammverwandte Worte wie griech. ἀργός, ἀργαίνω, ἄργυρος, lat. argentum, arguere u. s. w., goth. un-airkns lassen freilich eher ein altindisches arg, indogerman arg vermuthen. Entweder ist ein solches neben ark, ark wirklich anzusetzen, oder aber es muss der Name der Alcis auf andere Weise gerechtfertigt werden. Tacitus konnte entweder die im Lateinischen fehlende, altindischem k entsprechende Gutturalaspirata durch einen möglichst naheliegenden Laut ersetzen, oder wir haben zu bedenken, dass nach J. Grimm (Gesch. d. dtschen. Sprache I, 437) die Lautverschiebung unter den ostdeutschen Stämmen sich erst im zweiten und dritten Jahrhundert festgesetzt hatte.

Die zweite Erwähnung der Lichtgötter oder wenigstens eines derselben fällt in die Zeit Ludwigs des Frommen, also in die erste Hälfte des neunten Jahrhunderts; es ist der nordalbingische Ortsname Welanao, in welchem Müllenhoff mit Recht den Sitz einer alten Gottheit, eines dem nordischen Vali entsprechenden sächsischen Welo erkannt hat. (Vgl. Nordalbingische Studien, Bd. I, S. 11 ff.) Ausgiebiger noch ist das dritte Zeugniss, der zweite der nach ihrem Fundorte sog. Merseburger Sprüche. Es liegt auf der Hand, dass in den vier Versen

        Phol ende Wodan   vuorun zi holza;

        du wart demo Balderes volon   sin vuoz birenkit,

einmal Phol mit Balder identisch, und zweitens, dass das ph im Anlaute von Phol wie f auszusprechen ist, weil sonst keine Alliteration vorhanden wäre. Nun weist allerdings in der Regel anlautendes ph im Althochdeutschen auf fremden Ursprung eines Wortes hin; indessen hat J. Grimm (Haupts Ztschr. II, 255) Beispiele desselben in echt deutschen Worten beigebracht, und durch den Namen eines göttlichen Wesens von germanischer Abstammung ist Entlehnung des Namens eigentlich von selbst ausgeschlossen. Phol ist also Beiname Balders und charakterisiert denselben als Gott der Fülle, als Reichthum und Segen spendenden Gott; es ist, wie jedermann einsieht, ein Name, der für einen Gott des Lichts nach indogermanischer und nach älterer germanischer Anschauung vortrefflich passt. —

---

[*]) Der Dat. Plur. wird durch den Sprachgebrauch des Tacitus ausgeschlossen. Vgl. Tacitus Germania, erläutert von H. Schweizer-Sidler, S. 78.

Durch die Nibelungensage ist uns die Verehrung der Gottheiten des Lichts für die
Franken, durch den Baldermythos für den skandinavischen Norden, durch Müllenhoffs Abhandlung für die Sachsen, durch den Merseburgerspruch für die Thüringer, durch den Bericht
des Tacitus über die Alcis endlich für die suebischen Naharnavalen, also für einen nach
späterer Anschauung oberdeutschen Stamm, bezeugt. Einen thüringischen Pholesbrunno und
eine bairische Pholesauwa erwähnt überdiess J. Grimm (Haupts Ztschr. II, 252, 253). Dass
das Vorhandensein dieser Gottheiten bei oberdeutschen, mitteldeutschen, niederdeutschen und
nordischen Stämmen bei der Bedeutung, welche ihre elementare Grundlage für unsere Vorfahren und für die denselben stammverwandten Völker hatte, nichts auffallendes hat, versteht
sich von selbst.

Wir können die bisher betrachteten Zeugnisse im Gegensatze zu den nun folgenden
germanische im engern Sinne des Worts nennen. Freilich müssen wir uns dabei hinsichtlich
der Nibelungensage an die nordische Form derselben halten, und müssen wir hinsichtlich der
Edda und der Völsunga saga weniger die Zeit der Sammlung als 'den Inhalt selbst, der
ja ein durchaus heidnischer ist, in's Auge fassen. Die nun folgenden hingegen sind mittel-
alterliche, obschon das älteste derselben, die vita Caroli Magni et Rolandi des sog. Turpin an-
gefähr um's Jahr 1100 aufgezeichnet und folglich älter als Snorra Edda und Völsunga saga
ist Hugo Meyer hat nämlich in seiner »Abhandlung über Roland« (Programm der Haupt-
schule zu Bremen. Bremen 1868) nachgewiesen, dass auch die Rolandssage nicht aus der Geschichte, sondern nur durch die Annahme eines fränkischen Mythus, welcher sich an den
historischen Roland ansetzte, in befriedigender Weise kann erklärt werden. Auch dieser
Mythus enthielt gerade wie die Nibelungensage den Kampf des Lichtgottes gegen die Mächte der
Finsterniss; letztere sind hier einmal durch die Sarazenen und dann noch in persönlicherer,
dem Hagen der Nibelungensage nahestehender Auffassung durch Ganelon vertreten; (über Ganelon vgl. Meyer a. a. O. S. 8, 9); die Rache für Roland übernimmt dann Karl selber. Der
Lichtgott selbst aber hiess in dem Mythos, aus dessen Verbindung mit dem geschichtlichen
Roland der Roland der Sage erwuchs, ahd. Hruodo, as. Krodo, und die Aehnlichkeit der Namen
erleichterte die Verschmelzung beider. Das Bild, welches Botho in der Sassenchronik von
Krodo entwirft, passt in der That vortrefflich für einen Sonnengott; derselbe trägt nämlich in
der Rechten ein Gefäss, in der Linken ein Rad, welches wir schon als Symbol der Sonne
kennen. Zu dem fränkischen und sächsischen Namensbeleg hat Meyer (a. a. O. S. 9) noch
nordische beigebracht; nur geht er, wenigstens soweit es sich um die ältere Edda handelt, zu
weit, wenn er Hrödbvitnir (Feind des Hrödh) direkt auf den Fenrisûlfr bezieht; die betreffende
Stelle selbst (Grimnismál Str. 39) weiss wenigstens hiervon nichts.

Einen zweiten mittelalterlichen Sagenstoff bringt Müllenhoff (Ztschr. f. d A. Bd. XII,
S. 346 ff.) mit den Alcis, also mit den Gottheiten des Lichts, in Verbindung. Den beiden

Alcis, Balder und Vali, entsprechen nach seiner Beweisführung in der Thidriks saga die beiden Hertnite, im mittelhochdeutschen Epos Ortnit und der an die Stelle des zweiten Hertnit
getretene Wolfdietrich. Die dem Lichtgott entgegenstehenden feindseligen Elemente sind in
dem mittelhochdeutschen Gedicht noch deutlich genug durch die Lindwürmer vertreten. Müllenhoff führt die Sage auf einen vandalischen Mythus zurück (a. a. O. 348); die Richtigkeit seiner
Beweisführung ergiebt sich aus der Uebereinstimmung des Namens Hasdingi (g. Hazdiggôs, an.
Haddingjar — der Name bezeichnet Männer mit Frauenhaar), der den vandalischen Königen
zukommt, mit der Schilderung, welche Tacitus (G. cap. 43) von dem Alcispriester, dem sacerdos muliebri ornatu, entwirft. Allerdings erwähnt Tacitus diesen als Naharnavalen; da aber
letzterer Name sich nirgends als bei Tacitus findet, so ist es wohl möglich, dass der ohne
Zweifel kleine Stamm sich später den Vandalen anschloss (vgl. Müllenhoff a. a. O. 317).

Was sodann die übrigen indogermanischen Sagen betrifft, welche sich mit der von Siegfried und den Nibelungen vergleichen lassen, so ist auf die betreffenden griechischen schon
(S. 12) hingewiesen worden. Die meisten Anhaltspunkte bietet ohne Zweifel die von Leo
(Ztschr. f. deutsche Mythologie I, 113 ff.; Vorlesungen I, 49 ff.; vgl. auch Holtzmann. Unter-
suchungen über das Nibelungenlied, S. 193 ff.) mit der Nibelungensage verglichene indische,
dem Mahâbhârata entnommene Sage von Karna. Die Ausführungen Leos und Holtzmanns
enthalten zwar mancherlei Versehen und Ungenauigkeiten; gleichwohl finden sich unter denselben auch manche überzeugende Beobachtungen. Dem Dualismus zwischen Siegfried und
Hagen entspricht einmal im indischen Epos der zwischen Karna und Arguna; das Werben der
beiden Helden um die Draupadi findet in dem Kampfe des Balderus mit Hotherus oder in
der gemuthmaßten Erwerbung Brünhilds durch Siegfried für Gunther sein germanisches Gegen-
bild. Dem lichten Welsung der deutschen Sage entspricht es, dass Karna als Sohn Sûrjas,
des Sonnengottes, erscheint. Ferner mag die Erlegung Dsharâsandhas durch Karna (Holtzmann
a. a. O. S. 200) der des Lindwurms durch Siegfried gleichzusetzen sein. Dem goldnen Panzer
und den goldnen Ohrringen Karnas entspricht Siegfrieds, wenn auch übel motivierte, Unverwundbarkeit. Endlich bietet die klägliche Weise, in welcher die beiden Sonnenhelden, Karna
dem Arguna und Siegfried dem Hagen, unterliegen, hinreichende Anknüpfungspunkte. Dagegen
halte ich im Gegensatze zu Leo (Vorlesungen Bd. I, S. 52) die Aehnlichkeit der Namen Gunther und Judhishtira (skr. judh = bd. gunt, ags. gudh) für eine zufällige und zwar um so mehr,
als Holtzmann um der nämlichen etymologischen Aehnlichkeit willen den Durjodhana, also
einen Helden aus dem Arguna und Judhishtira feindlichen Geschlechte der Kurusöhne mit
Gunther identificiert; die mit der betreffenden Wurzel gebildeten Eigennamen sind zu häufig,
als dass sie bestimmte Schlüsse auf die Identität ihrer Träger zulassen. Im Ganzen freilich
erscheint der indische Mythus in seiner epischen Gestaltung viel getrübter als der germanische,
und es fehlt neben letzterer die eigentlich mythische Form, wie sie in der Edda noch vorliegt,

gänzlich. Die Kauravās sind im Epos überdiess im Gegensatze zu ihren Gegnern, den Pāndavās mit einer Ungunst behandelt, deren Ursache, wie Holtzmann (Indische Sagen, Thl. II, pag. 7 ff.) angedeutet hat, in absichtlicher Fälschung zu suchen ist. Schon dem Namen des vornehmsten unter ihnen, des Durjòdhana (dus—judh—ana, wörtlich »der schlecht kämpfende«) widerspricht die Heldennatur seines Trägers, und Indras Parteinahme für die Pāndavās ist ohne Zweifel auf die nämliche Tendenz zurückzuführen. Auch auf die beabsichtigte Zurücksetzung Karnas macht Holtzmann zu wiederholten Malen aufmerksam.

Auffallend ist es, dass das erānische Epos, wie es im Schah vorliegt, kaum eine deutliche Spur, welche auf einen dem Mythus von Balder ähnlichen hinweist, enthält. Am meisten Aehnlichkeit mit Balder und Siegfried hat noch Isfendiār wegen seines bis auf eine einzige Stelle unverwundbaren Körpers. Aber dieser Zug steht viel zu vereinzelt da, als dass er zu weitern Schlüssen berechtigen könnte; der neueste und zuverlässigste Bearbeiter der erānischen Alterthümer ist sogar geneigt, die ganze Erzählung von Isfendiārs Erlegung durch Rustem als eine erfundene zu bezeichnen (vgl. Spiegel: Erānische Alterthumskunde, Bd. I, S. 722).

Für die deutsche Mythologie ergiebt sich aus dem Versuche, den epischen Siegfried auf Balder zurückzuführen und Freyr auszuschliessen, eine Anzahl weiterer Consequenzen. Ich habe schon an einem andern Orte (Germania XVII, 197) nachzuweisen gesucht, dass die Gottheiten, welche in der nordischen Mythologie zu dem Geschlechte der Wanen gerechnet werden, nicht allen germanischen Stämmen, sondern bloss denen des skandinavischen Nordens bekannt waren, und dass sie zu diesen aus einem nicht germanischen Land, aus dem der Aestier oder Preussen gekommen sind. Noch ein zweiter Umstand darf nicht ausser Acht gelassen werden. Fassen wir das nordische Göttersystem, wie uns dasselbe in der Edda entgegentritt, in's Auge, so lässt sich in mancher Hinsicht eine gewisse Abundanz desselben nicht in Abrede stellen. Es handelt sich in dieser Beziehung keineswegs um untergeordnete Gottheiten, welche leicht als Abzweigungen der bedeutenderen können nachgewiesen werden, sondern es handelt sich um Hauptgottheiten, welche theils ihrer elementaren Grundlage, theils ihrer anthropomorphischen Gestaltung nach vielfach zusammentreffen. Neben Frigg steht z. B. Freyja, und neben Balder Freyr, und Freyja sowohl als Freyr werden zugleich als die vornehmsten Gottheiten aus dem Geschlechte der Wanen bezeichnet. Daraus ergiebt sich nun, dass dasjenige, was von Localen und Symbolen des Cultus im Norden sich an Freyr oder Freyja knüpft, entweder ebenfalls von den Aestiern entlehnt oder von wirklich germanischen Gottheiten aus dem Geschlechte der Asen auf jene übertragen ist. Eine Uebertragung aber wird namentlich in denjenigen Fällen anzunehmen sein, wo das Vorhandensein des nämlichen Symbols in Deutschland oder in England für dessen germanischen Ursprung spricht. Cultuslocale, welche den Namen einer Wanengottheit enthalten, sind nun bis jetzt weder in England noch in Deutschland nachgewiesen, wie denn überhaupt bestimmte Zeugnisse für die Wanen auf deutschem und englischem Boden aus begreiflichen Ursachen fehlen. Was sodann die Symbole betrifft, so besitzt Freyr deren im Norden zwei besonders hervorragende, nämlich den Eber und den Hirsch. Den Eber können wir im Hinblick auf Tacitus Germania cap. 45 den Wanen als Kstisches Erbtheil lassen, der Hirsch hingegen kommt auch in deutschen Sagen, so häufig als Symbol der Sonne und folglich als Attribut des Sonnengottes vor, dass er als solches germanischen Ursprungs sein muss.

Den Hirsch als Sonnenthier kennt eine ansehnliche Zahl germanischer Sagen, welche A. Kuhn in der Zeitschrift für deutsche Philologie (I, 89 ff.) zusammengestellt, besprochen und mit ähnlichen indischen Mythen verglichen hat. Nach Kuhn (a. a. O. S. 109) ist der Hirsch wegen seiner Hörner zum Sonnenthier geworden, indem Hörner und Strahlen dem vedischen Sanskrit nach vielfach zusammenfallen. Den Hauptinhalt der erwähnten Sagen bildet nun der Schuss des wilden Jägers auf den Sonnenhirsch; dem wilden Jäger der Volkssage entspricht auf früherer heidnischer Stufe Wodan und in indischer Sage Rudra; andrerseits entspricht dem geschossenen Hirsch der indische Pragâpati, ursprünglich (nach Kuhn a. a. O. S. 105, 106) identisch mit dem zeugenden, schöpferischen Sonnengotte Savitar des Rigveda. Nur kann der germanische Gott, als dessen Symbol oder Stellvertreter der Hirsch erscheint, nicht, wie Kuhn annimmt, Freyr gewesen sein, sondern wir haben an den echt germanischen Sonnengott, an Balder, zu denken. In dem indischen Mythus vom Schusse des Rudra auf Pragâpati ist überdiess von einem weiblichen Wesen die Rede, vom Himmel oder der Morgenröthe (ushas); dasselbe wird als Pragâpatis Tochter dargestellt, mit welcher der Vater verbotenen Umgang treibt. Beide, sowohl Pragâpati als die Ushas, verwandeln sich in Antilopen. Zwischen Hirsch und Antilope existiert in mythischer Beziehung kein anderer Unterschied als der durch die von der germanischen Thierwelt verschiedene indische bedingte. Was sodann den im indischen Mythus vorkommenden Incest bedeutet, so sieht Kuhn (a. a. O. 100) in demselben wohl mit Recht ein späteres, wahrscheinlich brahmanisches Motiv. Obwohl nun andrerseits in denjenigen deutschen Volkssagen, welche von dem Schusse des wilden Jägers auf den Sonnenhirsch handeln, ein weibliches Wesen nicht vorkommt, so spielt doch der Hirsch in so vielen Volkssitten, mit welchen zugleich geschlechtliche Ausschreitungen verknüpft sind, eine wesentliche Rolle, dass die Annahme nahe liegt, die betreffenden Sagen seien in letzterer Beziehung lückenhaft, und die Sitten und Gebräuche müssten zur Erläuterung derselben herbeigezogen werden. Jene Gebräuche nämlich bestanden in Vermummungen, bei welchen Hirsch, Hindinn, Färse oder altes Weib die Hauptrolle spielten; es waren unzüchtige Gesänge mit denselben verbunden, und die Geistlichkeit pflegte in Folge dessen im höchsten

Grade gegen dieselben zu eifern. Es ist sehr wahrscheinlich, dass ein kleines althochdeutsches
Bruchstück (Müllenhoff und Scherer. Denkmäler VI) hierher gehört:

hirez rûnêta hintûn in daz ôra

»wildu noh hintâ?....«

Und einen noch viel späteren Beleg für die sinnbildliche Rolle, welche Hirsch und Hindinn
in Volksgebräuchen spielten, bietet die bekannte Stelle in Shakespeares Lustigen Weibern von
Windsor (Akt 5, Sz. 4), wo Falstaff im Park von Windsor mit einem Hirschgeweih auf dem
Kopfe auftritt und seine Hindinn erwartet.

Von hoher Bedeutung ist nun aber für diese Vermummungen, dass dieselben in die Zeit
der sog. Zwölften (ad oder in calendas Januarias) fallen, also in eine Zeit, welche in mythischer Beziehung von hervorragender Bedeutung ist. Die Zwölften fallen nämlich mit dem
Wiederzunehmen des Lichts zusammen, und wir müssen daher annehmen, dass die in dieselben
fallenden Festlichkeiten und Umzüge zu Ehren des Lichtgottes abgehalten wurden. Wenn
daher Balders Tod in die Zeit fällt, in welcher das Licht, nachdem es seinen Höhepunkt er-
reicht hat, wieder abnimmt, so müssen umgekehrt die Feste in den Zwölften den Untergang
der Mächte der Finsterniss, also den Sieg des jugendlichen Vali, feiern. Daraus dass die Edda
den letztern schildert, ohne dabei eines weiblichen Wesens zu gedenken, folgt noch lange
nicht, dass ein solches ursprünglich nicht mit demselben konnte verbunden sein. Wir müssen
im Gegentheil den knappen Bericht der Edda aus andern Quellen zu ergänzen suchen, und zu
diesen gehören eben Feste und Gebräuche, welche sich mit Sicherheit in die Zeit des Heidenthums zurückführen lassen. In diesen Gebräuchen aber erkennen wir in vorliegendem Falle
die Vermählung des Lichtgottes mit einer Göttinn von ähnlicher elementarer Bedeutung, etwa
mit einer Sonnengöttinn, dargestellt durch Vermummung in dasjenige Thier, welches als Symbol der Sonne und des Lichts kann nachgewiesen werden. Und die Zurückführung dieser
Hirschmasken auf die Gottheiten des Lichts gewinnt noch an Wahrscheinlichkeit, wenn wir
uns der von Zacher nachgewiesenen etymologischen Verwandtschaft von eolh-sand = elektrum,
eolh, elh = elen, Hirsch, hiol, jol, jul, hreolh = g. hvilhvus = κίρκος erinnern, welche in
ihren drei Verzweigungen überall auf die elementare Grundlage des Lichts zurückführt.

Die Edda und überhaupt die nordische Ueberlieferung weiss nichts von Balders Vermählung und ebensowenig von einer phallischen Natur des Gottes; sie weiss bloss, dass Nanna
seine Gemahlinn ist, und dass ihr beim Anblicke des todten Gatten das Herz bricht. Bedenken
wir indessen, einmal dass Balderus bei Saxo mit Hotherus um Nannas Besitz kämpft, und
zweitens dass die Verbindung des Gottes mit dem Ragnarökmythos alles sonst auf ihn bezüg-
liche in den Hintergrund geschoben hat, so ergiebt sich hieraus, dass die Edda die betreffenden Mythen wohl nur deshalb nicht aufgenommen hat, weil diese nicht in ihr System passten.
Zur Erhärtung von Balders phallischer Natur aber mögen die in Deutschland nachgewiesenen

Vermummungen dienen. Um so deutlicher tritt dafür letztere bei Freyr hervor, über welchen
Adam von Bremen bei der Schilderung der drei Götterbilder im Tempel zu Upsala sagt:
tertius est Fricco, pacem voluptatemque largiens mortalibus, cujus etiam simulacrum fingunt
ingenti priapo (J. Grimm: Mythol. 193). Es ergiebt sich daraus, dass Balder im Norden die
hier und theilweise auch sonst erwähnten Eigenschaften allmälig an Freyr verloren hat, je
mehr dieser eingeführte Gott an Bedeutung bei den skandinavischen Germanen gewann. Immerhin wird jedoch der Wanengott schon vor seiner Einführung in den Norden mancherlei Eigenschaften gehabt haben, welche seine Verschmelzung mit Balder oder die theilweise Verdrängung
des letztern durch jenen erleichterten und bewirkten; gerade die Analogie ist es ja, durch welche
derartige Erscheinungen in der Regel hervorgerufen werden.

Balder und Siegfried sowohl als die ihnen verwandten Sagenfiguren der Griechen und Inder
sind auf Licht und Sonne als auf ihre elementare Grundlage zurückgeführt worden. Dieselben
stehn jedoch noch mit einom zweiten Elemente, mit dem Wasser, in naher Verbindung. In
der Edda zwar tritt dieses Element und sein Bezug auf Balder kaum hervor, wenn man nicht
darauf Gewicht legen will, das die Leiche des Gottes auf einem Schiffe verbrannt wird. Hingegen finden sich in dem nach Saxo von Balderus aus dem Boden geschlagenen Quell und in
den in Deutschland nachgewiesenen Ortsnamen Pholesbrunno und Pholesauwa[1]) (J. Grimm in
Haupts Ztschr. II, 252, 253) Beweise für den nahen Zusammenhang des Lichtgotts mit dem
Wasser. Deutlicher noch tritt diese Verwandtschaft in der Nibelungensage, in der nordischen
wie in der deutschen Form derselben, hervor. Aus dem Wasser stammt das verhängnissvolle
Gold (Saemund zu Sig. II, 5), das Symbol der Sonne, und dem Wasser wird es zuletzt zurückgegeben (Atlakv. 27, Nibel. Str. 1077); das Gold bezeichnet aber als stoffliches Sinnbild das
nämliche Element, welches durch die Welsunge in anthropomorphischer Auffassung dargestellt
wird. Auch im Beovulf zeigt sich, falls dieser oben mit Recht den Lichtgöttern an die Seite
gestellt wurde, dieselbe Verwandtschaft, insofern Beovulfs Kampf mit Grendel im Wasser statt-
findet. Und in der griechischen Sage erscheint der jugendliche Sonnenhold Perseus in einer
Weise mit dem Wasser in Zusammenhang gebracht, welche einigermassen an das erinnert,
was die Thidriks saga (cap 160, 162) von der Geburt Siegfrieds und das Mahâbhârata von
der Karnas (Holtzmann: Ind. Sagen, II, 124, 125) berichtet. Ueber die Bedeutung dieser
Verbindung von Licht und Wasser sind schon früher die nöthigen Andeutungen gegeben worden.

---

[1]) Auch Saxo erwähnt einen Baldersbrunnen und zwar an der Stelle, wo Balderus den Quell aus
der Erde schlug (Historia Danica ed. Stephanius. Soræ 1644. pag. 42).

Zu S. 30.

Atli erscheint in der nordischen Ueberlieferung als Brünhilds Bruder, diese folglich als Tochter Budhlis (Sig. III, 30, 3?, [33], Gudhr I, 25 u. s. w.). Nun ist aber ersterer ebenso unbestritten der Hunnenkönig Attila, als letztere eine mythische Grundlage hat, und die in diesem Punkte richtigere deutsche Ueberlieferung weiss von einem solchen Verhältnisse nichts. Das ganze Verhältniss wird ohne Zweifel darauf zurückzuführen sein, dass die nordische Sage, wenn sie einmal Atli als Rächer Brünhilds auffasste, diesen auch in ein Verhältniss zu ihr bringen musste, welches ihn zum Werk der Rache berechtigte und verpflichtete.

Zu S. 36.

Im Gegensatze zu Holtzmanns Auffassung steht übrigens die Ableitung der Pâṇḍavâs von pâṇḍu (Adj.: gelblich weiss, bleich) und ihre versuchte Beziehung auf die hellfarbigen Arier im Gegensatze zu den dunkelfarbigen Ureinwohnern Indiens. Ist diese Auffassung die richtige, so hat dem Helden Karṇa seine Verbindung mit dem Kauravâs geschadet, während seine ursprüngliche göttliche Natur durch seine Abstammung und durch seinen Goldpanzer allerdings hinlänglich gesichert erscheint.

.

S. 17 Z. 16 lies: Suffix - is für: Suffixis.

Schulnachrichten.

1. Berichterstattung der Lehrer des Pädagogiums

über den

im Schuljahr 1872 auf 1873 ertheilten Unterricht.

I. Lateinische Sprache.

Erste Classe. Acht Stunden wöchentlich. Herr *Conr. Dr. Fechter.*

Gelesen wurde das II. Buch von Livius mit Ausnahme einiger weniger Kapitel; Ciceros Reden pro Archia, de imperio Cn. Pompei, die zwei ersten Catilinarischen Reden; aus Ovids Metamorphosen 1, 260—415, 748—11, 328; III, 1—130; aus den Fasti II, 195 – 242; III, 851—876; IV, 389—620, 807—862; endlich aus Virgils Aeneis B. III. Wiederholung und Erweiterung der Formenlehre. Die Syntax der Casus und die vorzüglichsten Eigenthümlichkeiten des Gebrauches des Indicativs und Conjunctivs, eingeübt an den Beispielen in Augusts praktischer Anleitung zum Uebersetzen aus dem Deutschen in's Lateinische. Uebersetzungen historischer Lesestücke in's Lateinische.

Zweite Classe. Sechs Stunden wöchentlich. Herr *Prof. Dr. Mähly.*

Sommersemester: Erklärung von Salusts Catilina, von zwei Büchern ausgewählter Briefe Ciceros (nach der Ausgabe von J. Frey), von Virgils Aeneis Buch 2 und 4, Memoriren des ersten Buches.

Wintersemester: Uebersetzung und Erklärung der Eclogen Virgils, der fünften Verrina Ciceros, Memoriren einiger Eclogen. — Erklärung und theilweise Memoriren römischer Elegiker (30 Abschnitte vornehmlich aus Ovids Fasten, Tristien, Briefen aus dem Pontus), nach einer Auswahl von M. Seyffert. — Ausgewählte Abschnitte aus der lateinischen Grammatik. — Wöchentliches Dictat, Besprechen und Emendiren eines lateinischen Scriptum.

Dritte Classe. Acht Stunden wöchentlich. Herr *Prof. Dr. Gerlach.*

Der Unterricht in der lateinischen Sprache bestand theils in der Erklärung der Schrift-

6

steller, theils in der tiefern Begründung des lateinischen Sprachstudiums überhaupt, theils in der Anleitung zu lateinischen Stilarbeiten.

Erklärt wurden im Sommersemester Plautus Captivi und ausgewählte Gedichte des Catull und Properz, von Prosaikern Salusts Catilina und die vierte Verrina cursorisch gelesen.

Im Wintersemester wurden einige Elegien des Tibull erklärt und ausgewählte horazische Oden nebst der Ars Poetica, ferner Tacitus Agricola und cursorisch gelesen Cicero pro Muraena.

In zwoi besondern Stunden wurden die lateinischen Stilarbeiten besprochen und die schriftlichen Ausarbeitungen mündlich und schriftlich corrigirt. Zugleich wurde die Verschiedenheit des historischen und oratorischen Stils bemerkbar gemacht und durch Analysen grösserer Gedichte und des Agricola und der Rede pro Muraena die Gesetze der Composition erläutert.

II. Griechische Sprache.

Erste Classe. Sechs Stunden wöchentlich. Herr Dr. Th. Burckhardt-Biedermann. Xenophons Anabasis Buch IV, Griechische Geschichte Buch I, Cap. 6, 7. Buch II, theils statarisch, theils cursorisch.

Homers Odyssee: Buch X, XII, XIII statarisch; Buch I, II, III cursorisch. — Die Schüler lasen privatim 1—2 Bücher der Anabasis und 1—4 Bücher der Odyssee (mit Eingabe der Präparation und Prüfung durch den Lehrer). — Uebersetzung mündlich mit öftern Wiederholungen. Memorirt wurden 215 Verse aus der Odyssee. — Wiederholung der Formenlehre mit besonderer Berücksichtigung des homerischen Dialektes nach Curtius' Schulgrammatik §§ 1—327. Uebersichtliche Zusammenstellung der Declinationsformen und Beispielsammlung zu den Bedingungssätzen (nach Curtius §§ 534—550). Mündliche und schriftliche Uebersetzung aus dem Deutschen in's Griechische nach Schenkls Uebungsbuch Nro. 1—29.

Zweite Classe. Sechs Stunden wöchentlich. Herr Prof. Dr. Mähly. Sommersemester: Uebersetzung und Erklärung von Buch 1, 3, 4 der Ilias, von Buch 14, 15, 16 der Odyssee von Isocrates Areopagiticus, von Demosthenes drei olynthischen Reden. Wintersemester: Uebersetzung und Erklärung von Demosthenes erster philippischen Rede und der Rede über den Frieden, von Buch 5—9 der Ilias, von ausgewählten Stücken griechischer Elegiker (nach einer von M. Seyffert herausgegebenen Auswahl). — Memoriren von ungefähr 800 Homerversen. — Uebersetzung der Uebungsstücke zu den griechischen Modi (von M. Seyffert). — Einübung der Lehre von den Casus und Modi nach der Curtius'schen Grammatik.

43

Dritte Classe. Sechs Stunden wöchentlich. Herr *Prof. Dr. Fr. Nietzsche.*

Im Verlauf des Schuljahrs wurde Folgendes gelesen und aus den dazu gehörigen geschichtlichen, litterarhistorischen, antiquarischen, grammatischen und metrischen Voraussetzungen erklärt: das zehnte Buch der Ilias. Die Eumeniden des Aeschylus. Der König Oedipus des Sophocles. Der Dialog Protagoras des Plato. Die erste und zweite Philippica des Demosthenes.

III. Deutsche Sprache.

Erste Classe. Drei Stunden wöchentlich. Herr *Dr. Karl Meyer.*
Lautlehre. Lehre von der Wortbildung. Syntax, erster Theil, einfacher Satz. — Aufsätze. Declamationsübungen. — Gelesen und erklärt wurde Schillers Wallenstein.

Zweite Classe. Drei Stunden wöchentlich. *Derselbe.*
Syntax, zweiter Theil, Lehre vom erweiterten Satz. Metrik mit Beispielen aus W. Wackernagels Lesebuch (Thl. II.). — Gelesen und erklärt wurde Goethes Iphigenie, Shakespeares Heinrich IV. und Macbeth. — Aufsätze.

Dritte Classe. Drei Stunden wöchentlich. Herr *Prof. Dr. M. Heyne.*
Im Sommersemester: Formenlehre der deutschen Schriftsprache auf historischer Grundlage und mit Anlehnung an die Eigenthümlichkeiten des alemannischen Dialects. Sodann Stilistik, mit mündlichen und schriftlichen Uebungen.

Im Wintersemester: Die Lehre von den Dichtungsarten, mit zahlreichen Proben und litteraturgeschichtlichen Excursen. Ganz gelesen wurde Goethes Iphigenie und an ihr die Technik des Dramas erläutert.

IV. Französische Sprache.

Herr *Prof. Dr. Girard.*
Première classe. Trois leçons. Lecture du deuxième volume de la chrestomathie de Vinet; étude spéciale de quelques-uns des morceaux qu'elle renferme. — Grammaire de Borel, règles et exercices. Compositions sur des sujets variés.

Deuxième classe. Trois leçons. Lecture du troisième volume de la chrestomathie, accompagnée de développements biographiques et littéraires. — Continuation de la grammaire de Borel. Verrification française. Compositions.

Troisième classe. Deux leçons. Lecture et analyse d'oeuvres de Racine, Corneille, Molière etc. — Abrégé de l'histoire de la langue française. — Traduction d'une partie de Don Carlos de Schiller. — Compositions.

V. Hebräisch.

(Für die zukünftigen Theologen obligatorisch, für die andern Schüler facultativ.)
Dritte Classe. Drei Stunden wöchentlich. Im Sommer Herr Dr. A. Socin, im Winter Herr Prof. Dr. F. Kautzsch.

Lautlehre und Lehre vom starken Verbum im Sommer (Dr. Socin). Die Lehre vom schwachen Verbum, der Nomina und Partikeln im Winter. Zahlreiche Uebungen im schriftlichen Uebersetzen aus dem Deutschen in's Hebräische. Lectüre der hebräischen Abschnitte im Anfange zu Seffers Grammatik.

VI. Geschichte.

Erste Classe. Vier Stunden wöchentlich. Herr Dr. J. J. Bernoulli.

Sommersemester: Uebersicht der orientalischen und eingehende Behandlung der griechischen Geschichte.

Wintersemester: Römische Geschichte bis zum Untergang des westlichen Reichs 476.
Zweite Classe. Vier Stunden wöchentlich. Herr Prof. Dr. J. Burckhardt.
Geschichte von der Völkerwanderung bis um die Mitte des XIV. Jahrhunderts.
Dritte Classe. Vier Stunden wöchentlich. Herr Prof. Dr. J. Burckhardt.
Geschichte von der Mitte des XIV. Jahrhunderts bis zum westfälischen Frieden.

VII. Mathematik und Physik.

Erste Classe. Vier Stunden wöchentlich. Herr N. Plüss.

Im Sommer: Algebra, zwei Stunden: Arithmetische und geometrische Progressionen, Theorie und Anwendung der Logarithmen, Zinseszins-, Sparkassen-, Versicherungs- und Rentenrechnungen. Geometrie, zwei Stunden. Die Lehre vom goldenen Schnitt im regulären Fünf- und Zehneck, Transversalen und merkwürdige Punkte im Dreieck, harmonische Theilung, Aehnlichkeitspunkte von 2 und 3 Kreisen.

Im Winter: Algebra, 1 Stunde: Combinationsrechnung, Binomischer Satz, Repetition. — Stereometrie, 3 Stunden.

Zweite Classe. Vier Stunden wöchentlich.

Im Sommer: Ebene Trigometrie. Im Winter: Die Kegelschnitte in geometrischer Behandlung.

Dritte Classe. Vier Stunden wöchentlich.

Im Sommer: Mechanik fester und flüssiger Körper. Im Winter: Die Lehre von der Luft, von der Wärme und vom Licht.

VIII. Religion.

Dritte Classe. Zwei Stunden wöchentlich. Herr *Prof. Dr. E. Kautzsch.*

Im Sommer fiel der Unterricht aus. Im Winter: Vorbegriffe der Religionsphilosophie (Begriff und Namen, Eintheilung und Charakteristik der verschiedenen Religionen u. s. w.). Uebersicht über den Inhalt der biblischen Bücher mit Andeutung der wichtigsten kritischen Fragen. Erklärung des Römerbriefs Cap. I—IX unter Zugrundelegung des griechischen Textes.

IX. Turnen.

Erste, zweite, dritte Classe je zwei Stunden wöchentlich. Herr *Friedr. Iselin.*

Erste Classe. Uebersicht und Durchturnen der auf frühern Stufen eingeübten Ordnungsübungen und namentlich der Freiübungen (in gewöhnlicher und in Schrittstellung, in einfachern Gangarten) und der Hauptzustände im Stütz und im Hang an den für diese Stufe wesentlichen Geräthen, mit gleichzeitiger theoretischer und sprachlicher Erklärung. Einturnen einiger Hauptübungsgruppen oder passender Vertreter derselben. Leichtere Zusammensetzungen. — Turnspiele.

Zweite und dritte Classe. Anleitung zum Aufstellen, Durchführen und Befehligen schwierigerer Uebungsgruppen aus dem Gebiete der Freiübungen und der Geräthübungen und Einturnen derselben. — Turnspiele.

---

2. Personalnachrichten.

In Folge einer Berufung an die Universität Strassburg, wohin er Ende Sommers 1872 übersiedelte, legte Herr Prof. Dr. H. Schultz seine Stelle am Pädagogium schon im Frühling bei Beginn des neuen Curses nieder. Sie blieb im Sommer unbesetzt. Im Herbst trat aber Herr Prof. Dr. Emil Kautzsch in dieselbe ein.

Im Herbst 1872 erhielt Herr Dr. Alb. Socin für den Winter Urlaub zum Zwecke einer wissenschaftlichen Reise in den Orient. Der hebräische Unterricht wurde für die Zeit seiner Abwesenheit von Herrn Prof. Dr. Emil Kautzsch übernommen.

---

3. Verzeichniss der Schüler des Pädagogiums

im Schuljahr 1872 auf 1873.

Bemerkung. Die mit * Bezeichneten sind im Sommersemester, die mit † Bezeichneten im Wintersemester aus der Anstalt ausgetreten.

I. Klasse.

Rang.	Name.	Heimat.
1.	Rudolf Thurneisen,	Basel.
2.	Johann Bungeroth,	Boppard.
3.	Fritz Marti,	Bubendorf.
4.	Dietrich Iselin,	Basel.
5.	Friedrich Mohr,	Kt. St. Gallen.
6.	Ernst Philipp,	Grossh. Baden.
7.	Eduard Ilis,	Basel.
8.	Karl Grob,	Basel.
9.	Joh. Schaub,	Arisdorf.
10.	Leopold Rütimeyer,	Basel.
11.	Ernst Brenner,	Basel.
12.	Karl Sartorius,	Basel.
13.	Emil Heussler,	Basel.
14.	Eduard Holinger,	Liestal.
15.	Albert Brenner,	Basel.
16.	Louis Schlachter,	Altkirch.
17.	Jakob Stehlin,	Basel.
18.	Emil Rauch,	Basel.
19.	D. Schultheis,	Basel.
20.	Hermann Brassel,	St. Margarethen.
21.	L. Reidhaar,	Basel.
22.	Rud. Marian,	Basel.
23.	Samuel Lutz,	Teufen.
24.	Paul Zimmermann,	Basel.
25.	Hans Merian,	Basel.
26.	Paul Sarasin,	Basel.
†	Karl Köchlin,	Basel.
†	Burckhardt Kretz,	Basel.
†	Fritz Oser,	Basel.

II. Klasse.

Rang.	Name.	Heimat.
1.	Fritz Barth,	Basel.
2.	Ed. Thurneisen,	Basel.
3.	Huldr. Christoffel,	Scheid (Ct. Graubünden).
4.	Karl Merk,	Ludwigshafen.

Rang.	Name.	Heimat.
5.	Albert Hoffmann,	Basel.
6.	Adolphe Baumgartner,	Mühlhausen.
7.	Ulrich Elmer,	Matt (Ct. Glarus).
8.	Theophil Hoch,	Basel.
9.	August Tappolet,	Zürich.
10.	August Sulger,	Basel.
11.	Fritz Vondermühll,	Basel.
12.	Herm. Burckhardt,	Basel.
13.	Karl Dohny,	Basel.
14.	Eduard Kern,	Basel.
15.	Albert Hotz,	Basel.
16.	Ed. Burckhardt,	Basel.
17.	J. Gilliéron,	Corçelles.
18.	Alfred Gönner,	Basel.
19.	Elie Burckhardt,	Basel.
20.	Karl Stückelberger,	Basel.
21.	Paul Witzig,	Basel.
22.	Paul Brodtmann,	Ettingen.
23.	Ulrich Zellweger,	Trogen.

III. Klasse.

Rang.	Name.	Heimat.	Beruf.
1.	Hans Heusler,	Basel.	?
2.	Karl Henrici,	Basel.	Kaufmann.
3.	Hans Riggenbach,	Basel.	Philosophie.
4.	Ernst Mähly,	Basel.	Medicin.
5.	Karl Martin,	Aarwangen.	Theologie.
6.	Ernst Feigenwinter,	Reinach.	Jurisprudenz.
7.	Theophil Kolb,	Kgr. Würtemberg.	Philosophie.
8.	Albert Burckhardt,	Basel.	Jurisprudenz.
9.	Rud. Wackernagel,	Basel.	Jurisprudenz.
10.	Henri Mojon,	Neuchâtel.	Theologie.
11.	Paul Meyer,	Basel.	Philosophie.
12.	W. Burckhardt,	Basel.	Jurisprudenz.
13.	Edmund Tanner,	Reigoldswil.	Jurisprudenz.
14.	Othmar Rauch,	Basel.	Naturwissenschaft.
15.	Ludwig Gelpke,	Allschwil.	Medicin.
16.	Ferd. Becker,	Offenbach.	?
17.	Karl Hübscher,	Basel.	Jurisprudenz.
18.	Theod. Zäslein,	Basel.	Medicin.
19.	And. Petermand,	Basel.	
	Chr. Lutz (hospes),	Wolfshalden (Appenzell).	

4. Lehrplan des Pädagogiums für das Schuljahr 1873—1874.

Erste Klasse.

Lateinisch:	8 Stunden,	Herr	Dr. Fechter.
Griechisch:	6 „	„	Dr. Th. Burckhardt-Biedermann.
Deutsch:	3 „	„	Dr. K. Meyer.
Französisch:	3 „	„	Prof. Girard.
Geschichte:	4 „	„	Dr. J. J. Bernoulli.
Mathematik:	4 „	„	N. Plüss.
Turnen:	2 „	„	F. Iselin.

Zusammen 30 Stunden.

Zweite Klasse.

Lateinisch:	8 Stunden,	Herr	Prof. Mähly.
Griechisch:	6 „	„	Prof. Mähly.
Deutsch:	3 „	„	Dr. K. Meyer.
Französisch:	3 „	„	Prof. Girard.
Geschichte:	4 „	„	Prof. J. Burckhardt.
Mathematik:	4 „	„	N. Plüss.
Turnen:	2 „	„	F. Iselin.

Zusammen 30 Stunden.

Dritte Klasse.

Lateinisch:	8 Stunden,	Herr	Prof. Gerlach.
Griechisch:	6 „	„	Prof. Nietzsche.
Deutsch:	3 „	„	Prof. Heyne.
Französisch:	2 „	„	Prof. Girard.
Geschichte:	4 „	„	Prof. J. Burckhardt.
Physik:	4 „	„	N. Plüss.
Religion:	2 „	„	Prof. Kautzsch.
Turnen:	2 „	„	F. Iselin.

Zusammen 31 Stunden.

Hebräisch (für künftige Theo-			
logen obligatorisch):	3 „	„	Prof. Kautzsch.

———◦I◦◼◦I◦———